✗ ÁLBUM DE FAMÍLIA ✦

GABRIELA ROMEU

ÁLBUM DE FAMÍLIA

AVENTURANÇAS, MEMÓRIAS E EFABULAÇÕES DA TRUPE FAMILIAR
CARROÇA DE MAMULENGOS

Ilustrações de Catarina Bessell

Peirópolis

UMA FAMÍLIA DE SABEDORIA BRINCANTE

Por Chico César

Carroça de Mamulengos é uma das mais importantes companhias culturais do Brasil. Uns dirão que é folclore. Eu digo que é sabedoria brincante apoiada em arte burilada na tradição movente dos saltimbancos de todos os tempos e todos os lugares – desde os mais remotos idos protoeuropeus até nosso fugidio presente. São atores, cantores, músicos, acróbatas, equilibristas para quem a origem popular e o autodidatismo não empanam o rigor nem a visão crítica a respeito do próprio trabalho. Tampouco, o que é raro hoje, de sua inserção no momento histórico e no ambiente social em que estão inseridos. São um grupo de intervenção, assim como os Fura del Balls da Catalunha ou a turma do Teatro Oficina de São Paulo. Uma família sob o signo de Gêmeos que trabalha signos do passado, no presente, para compreender e interferir na chegada do futuro. Práxis da contemporaneidade nas ruas de um país que tem dificuldade de autoconhecimento e de autoaceitação. Em incessante fluxo, por onde passam deixam pistas. Códigos. Decifrá-los é a questão. Chegará mais perto quem atravessar a névoa *naif* e paternalista que costuma separar plateias urbanas e artistas populares. Este verá que, enquanto passam velozes os carros importados em nossas esburacadas estradas que levam à construção da identidade, a Carroça em seu próprio ritmo passa e fica. Permanece.

Chico César é compositor, cantor e escritor nascido no município de Catolé da Rocha (PB). É amigo da família Carroça de Mamulengos, que já incursionou com o músico paraibano pelo Brasil.

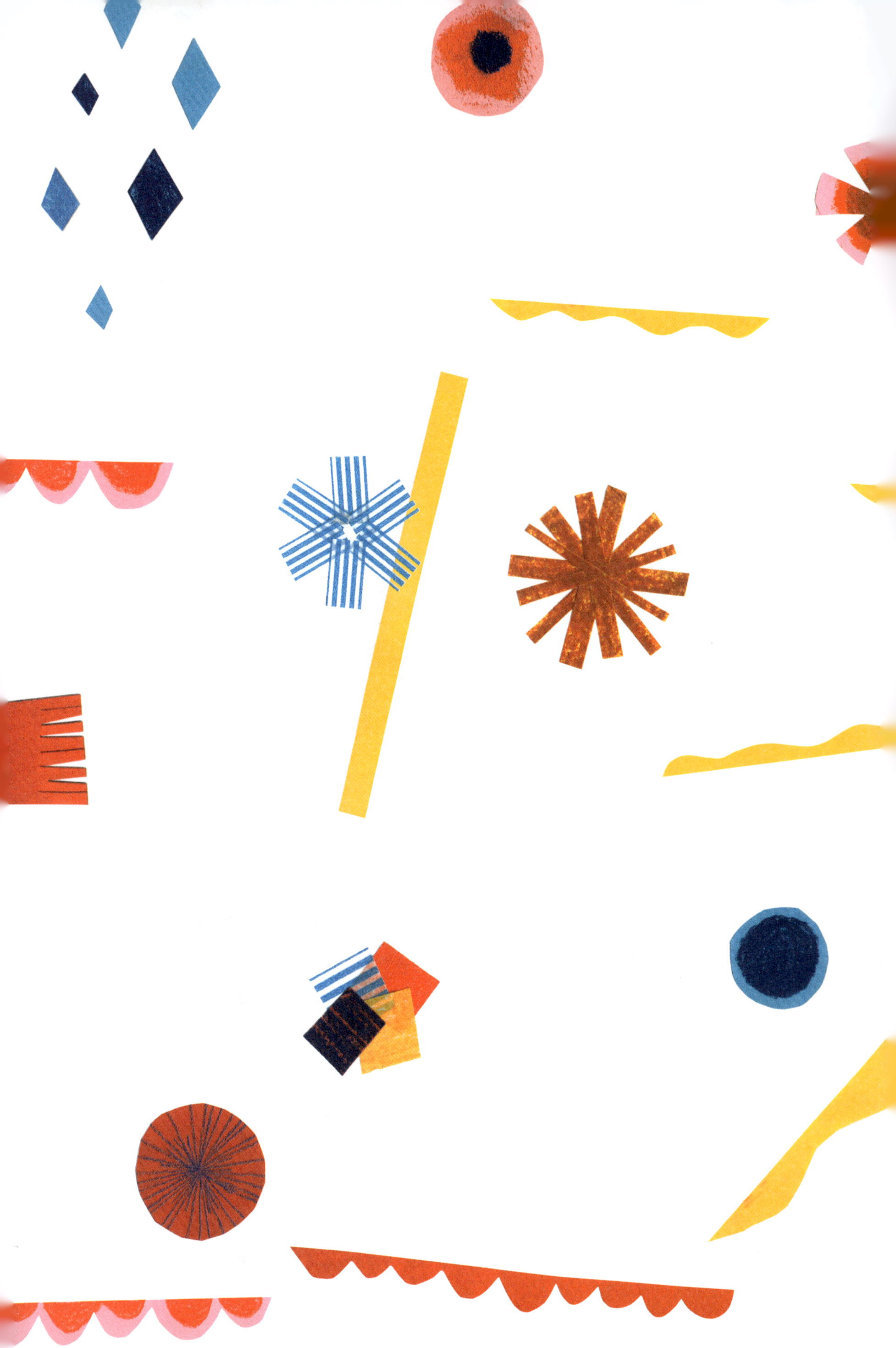

A INFÂNCIA SE FEZ EM POESIA	19
A VIAGEM É PURO ASSOMBRO	22
SERES DE CABEÇA DE CABAÇA	27
SUA SAIA ENREDAVA TODO UM PICADEIRO	34
ÁGUAS QUE DESÁGUAM SAUDADE	40
UM MENINO RIMADOR	45
DAS ORIGENS DO MUNDO	50
CHEGADA É ALVORADA	56
TETÉU, AQUELE QUE CAIU DO CÉU	62
O ÚLTIMO SUSPIRO DE BRASILINO	66
REINVENTANDO O PAI	72
A GEOGRAFIA DA CAÇULA MAIS VELHA	76
E A VIDA SE FAZIA EM RECOMEÇO	80
DO BAÚ DOS GOMIDE	84

Eita, vai começar o te-te-re-te-tê!

Ó, meninagem!
Oi!
Estão todos preparados?
Eu tô!
Posso dar início à passeada?
Pode!
Eita, madeira!

Tombei, tombei, tornei a tombar;
a brincadeira já vai começar.
Tombei, tombei, tornei a tombar;
a brincadeira já vai começar.

Era uma vez
um menino.
Miúdo, quieto, sozinho.

No menino, habitava um sonhar
de voar, de querer voar, por todo lugar.
Fez do sonho sua sina.
E cedo ganhou o mundo.
Babau: assim foi batizado no caminho.

Era uma vez dois.
Babau e **Schirley**, moça da
saia rodada e olhar a plantar
horizontes que ele encontrou nas
primeiras curvas da estrada.
Ela mais ele seguiram juntos,
queriam formar uma trupe.
Fizeram da estrada sua morada.

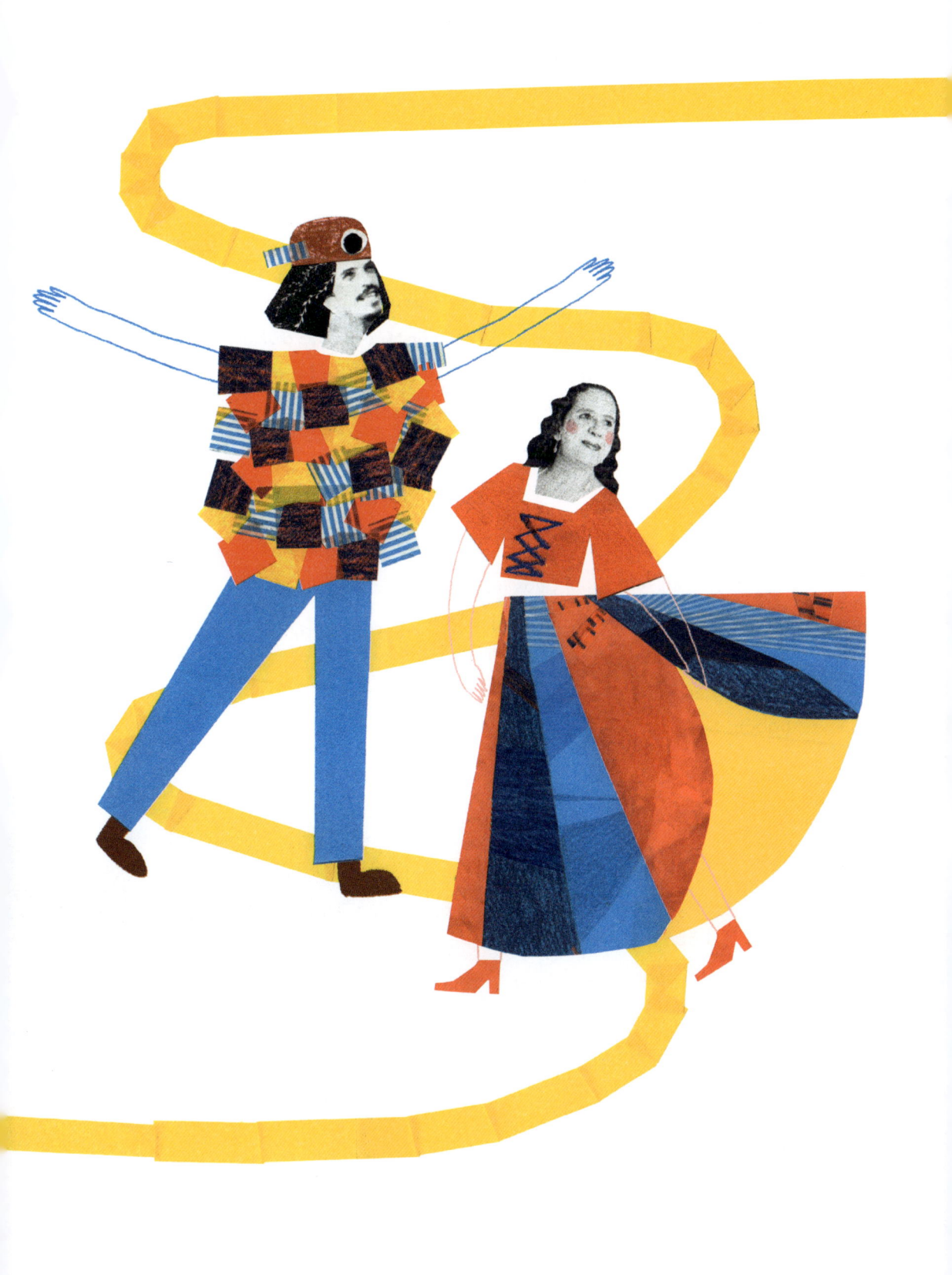

Vez outra era. Já eram três.
Noutra parada, nasceu **Maria**, menina cheia de saudade do amanhã. No peito, cultivava a semente da memória de toda a família, dos que se foram, dos que chegariam, dos que não ousaram nascer.
Babau, Schirley e Maria.

Não era uma, não eram duas nem três.
Já eram quatro! Nasceu **Antonio**, o palhaço Aleluia, menino de versar de patativa.
Antes de engatinhar, aprendeu a rimar.
Babau, Schirley, Maria e Antonio.

Outra vez era.
Se não eram duas nem quatro, já eram cinco.
Babau, Schirley, Maria, Antonio, **Francisco**, mestre de bitimpocas, engenhocas e parafusetas (esticador de aurora, abridor de suspiros, engarrafador de potocas...).
Suas mãos guardavam o nome das coisas do mundo.

E de novo se fez. João ganhou vez!
Menino de falar apressado, pensamento alado.
Babau, Schirley, Maria, Antonio, Francisco e **João**.

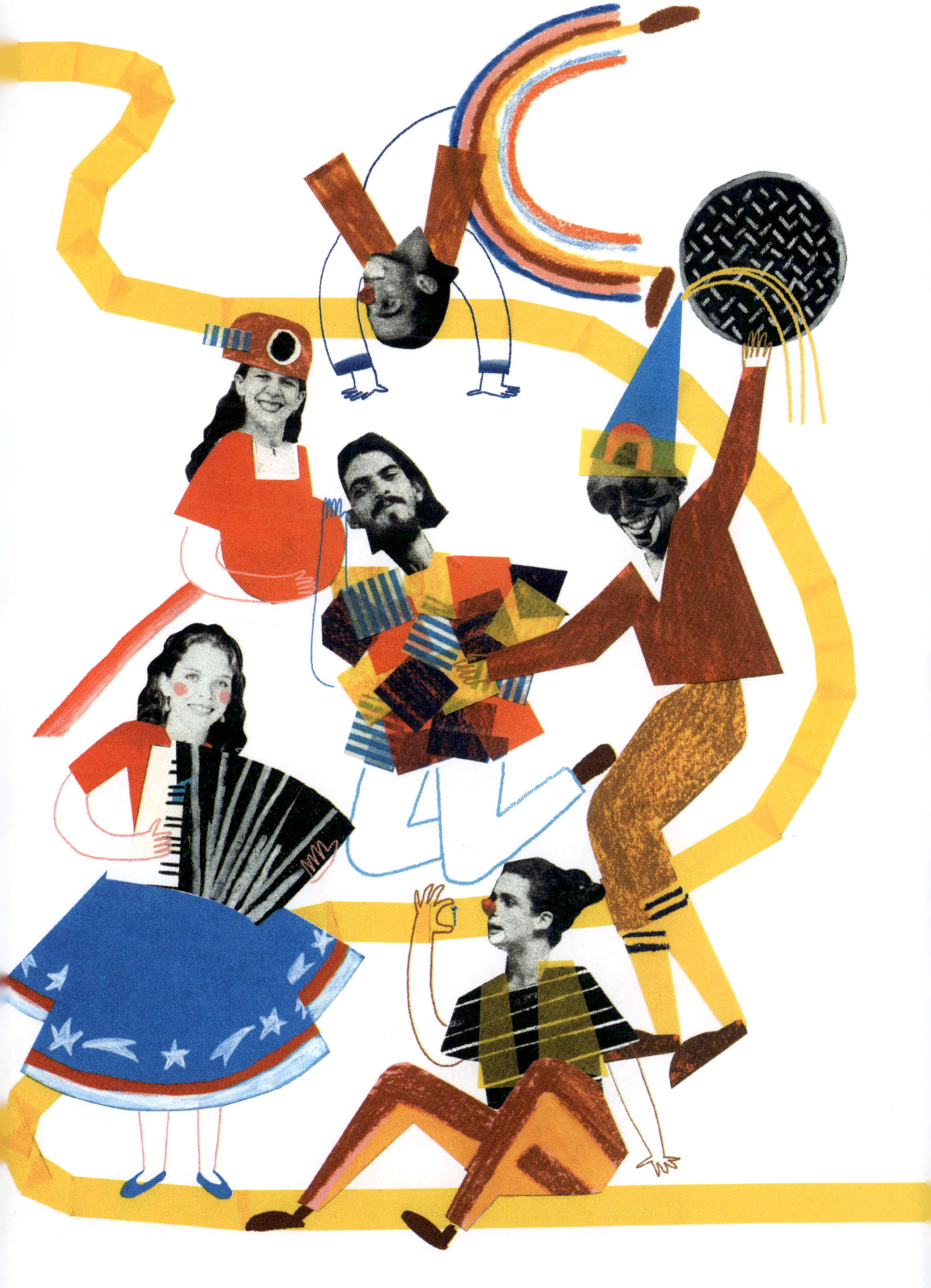

Foi, então, a vez de **Pedro** e **Matheus**.
Gêmeos univitelinos das pernas de pau inseparáveis.
Babau, Schirley, Maria, Antonio, Francisco, João, Pedro e Matheus.

Depois de muitas eras, nasceram **Luzia** e **Isabel**.
Duas meninas. Viva!
Quer dizer, nasceu primeiro Isabel; Luzia logo depois luziu.
Já, então, eram dez.
Uma trupe completa.

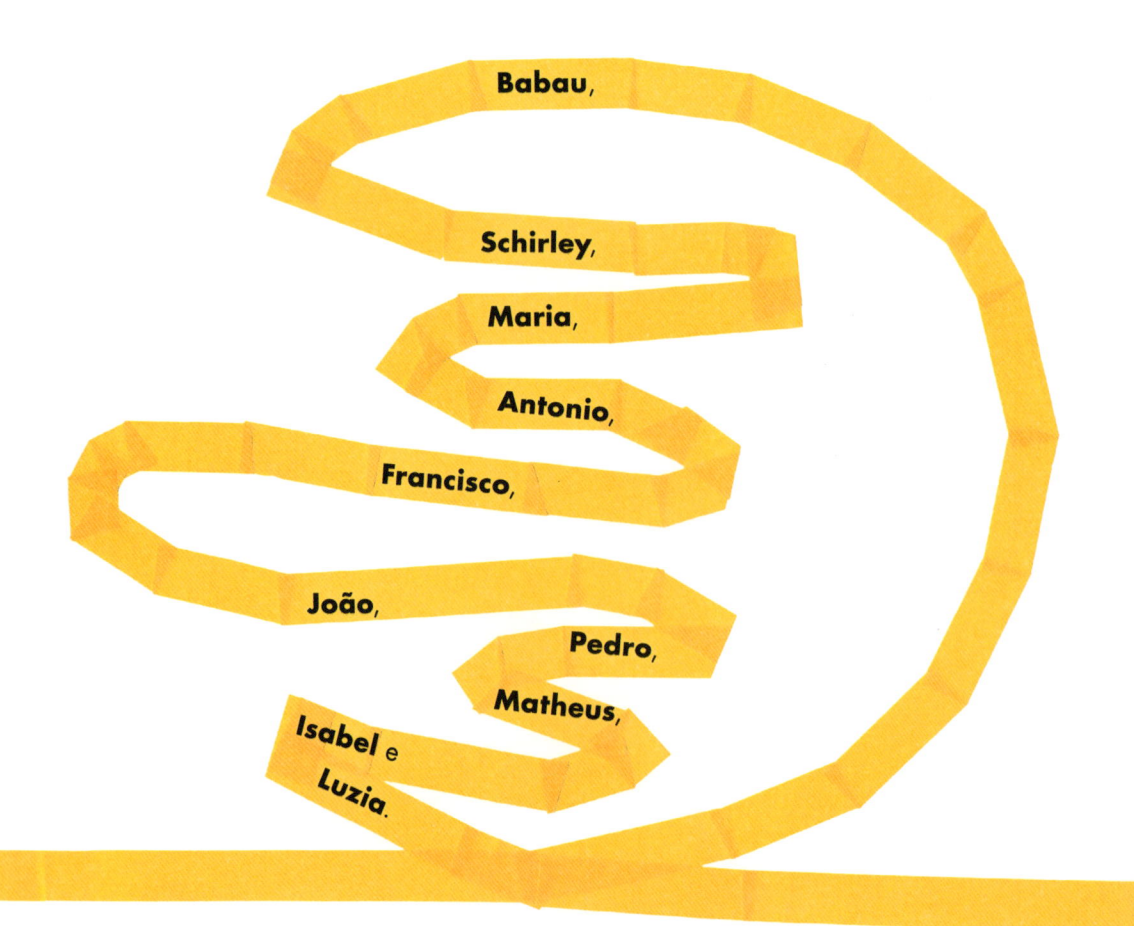

Babau, **Schirley**, **Maria**, **Antonio**, **Francisco**, **João**, **Pedro**, **Matheus**, **Isabel** e **Luzia**.

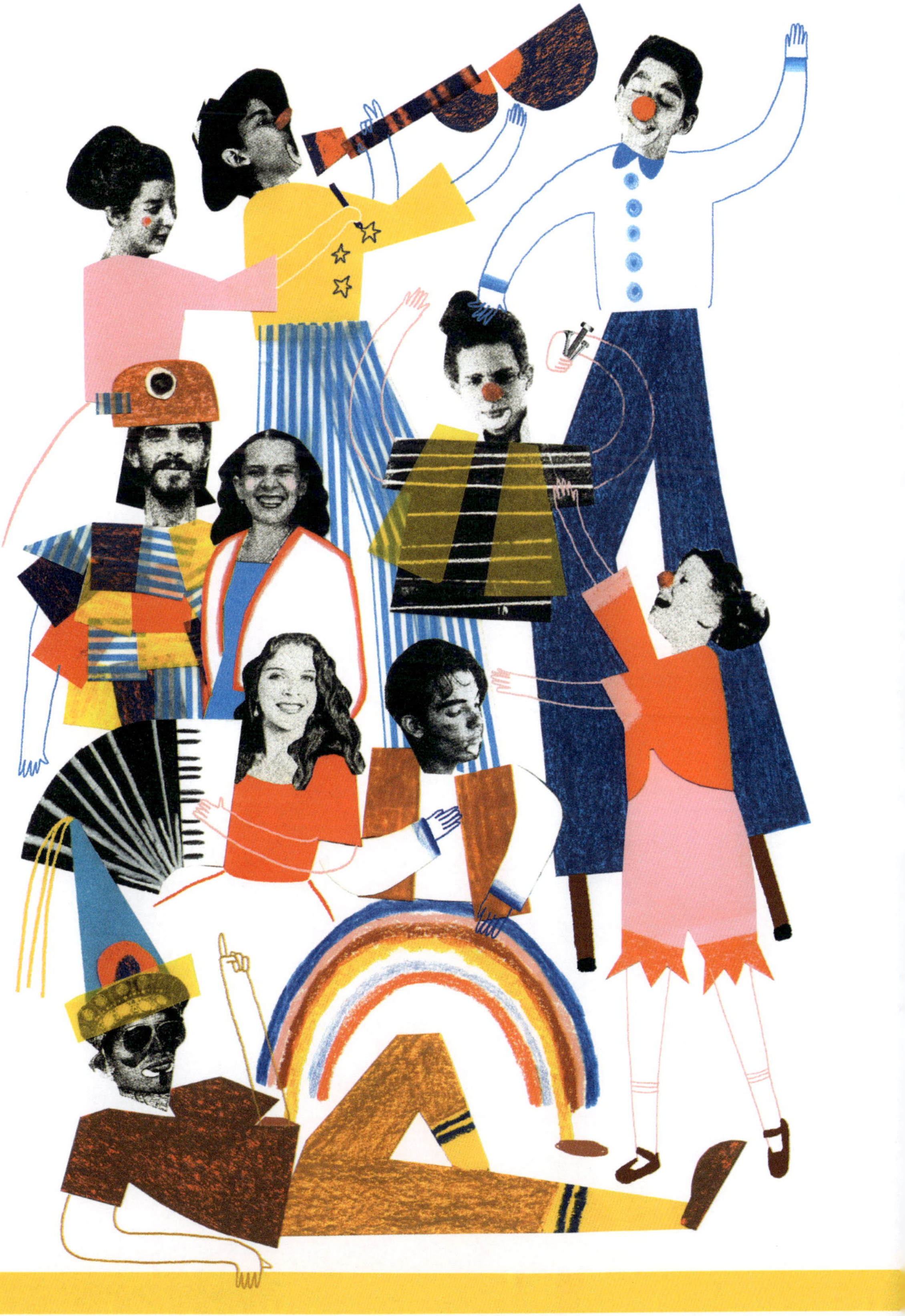

Era só continuar na estrada!

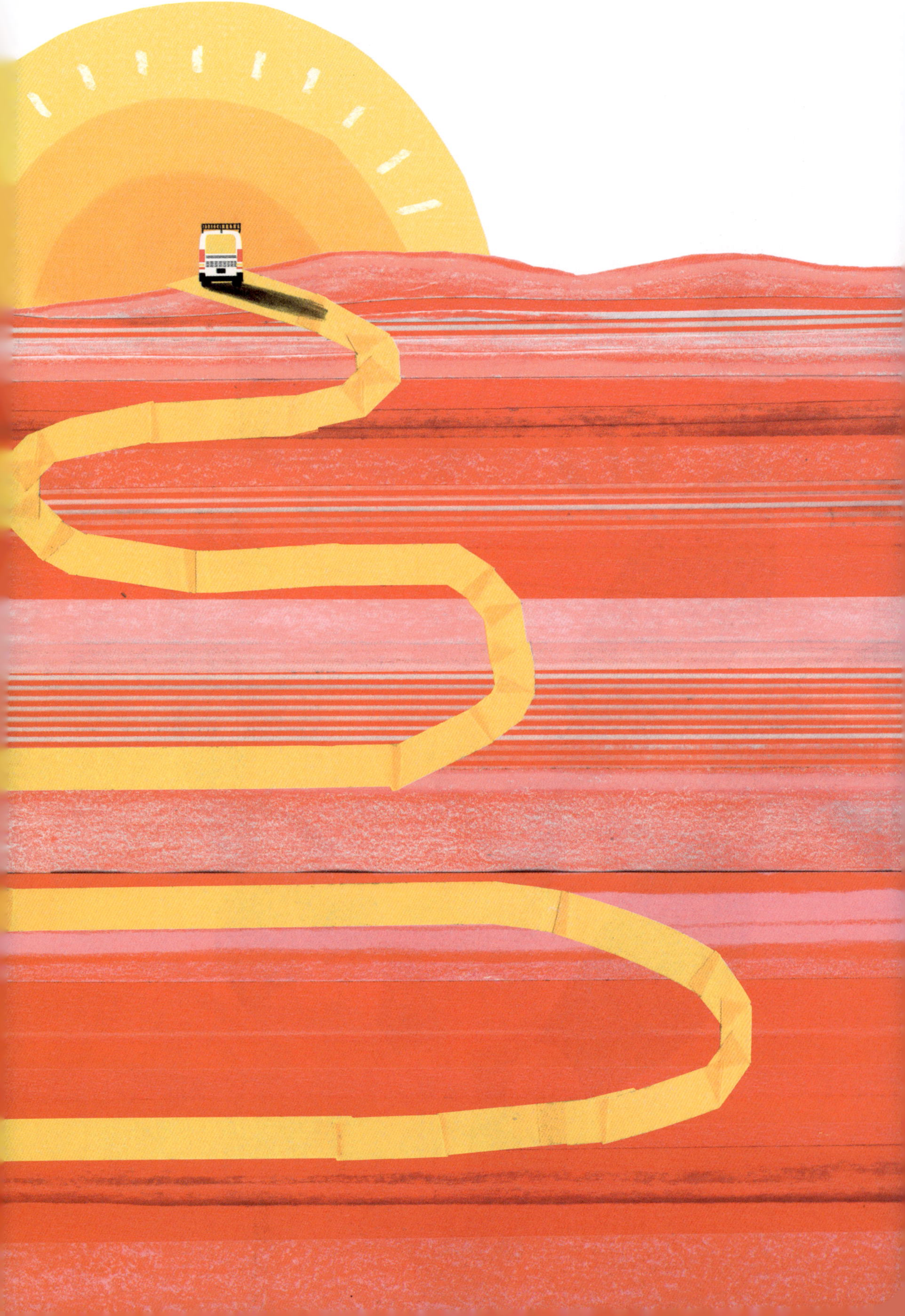

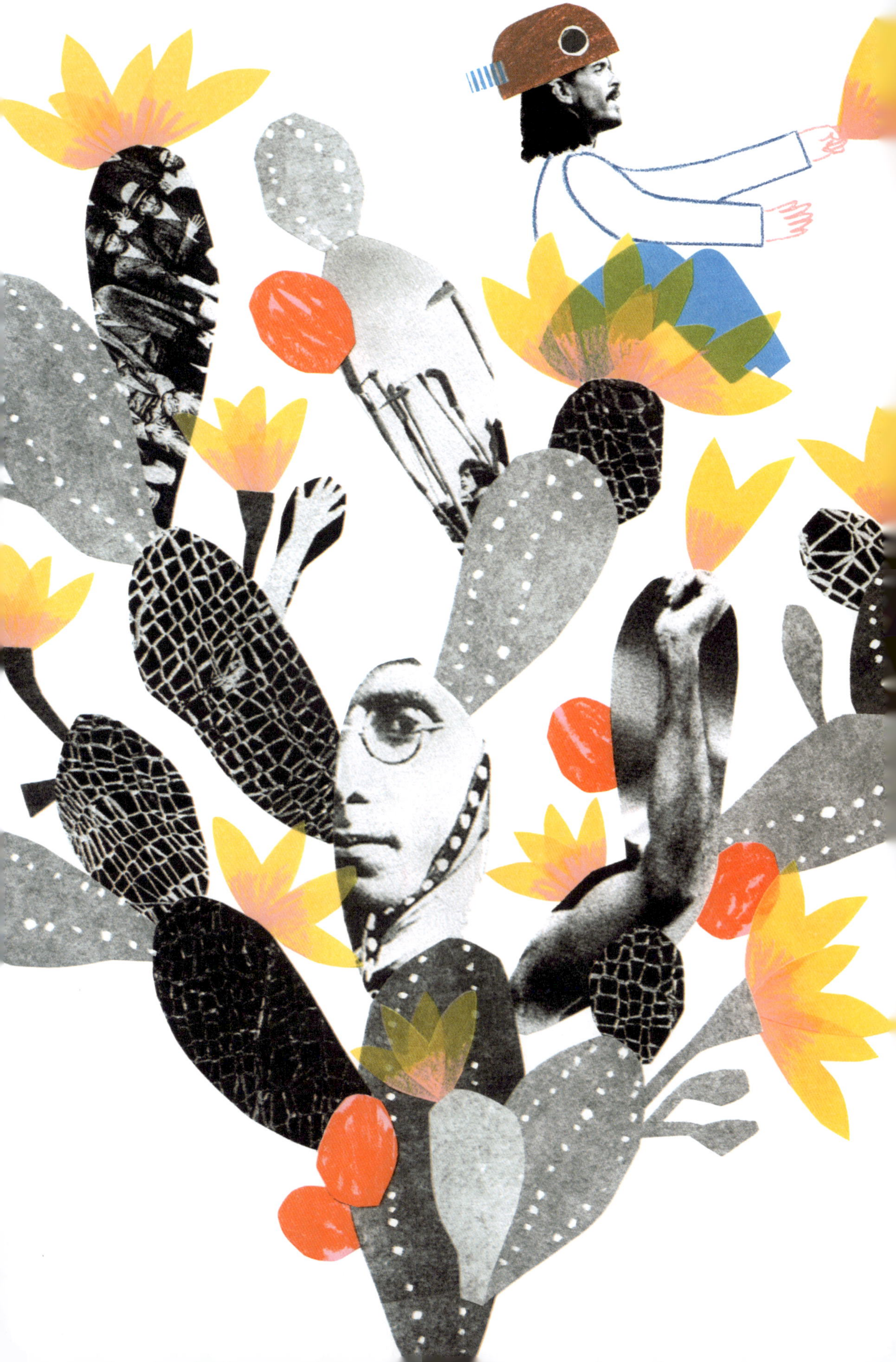

A INFÂNCIA SE FEZ EM POESIA

Espere aí, minha gente!
Para que ter pressa, acelerar?
Para seguir em frente, é urgente
esta história melhor recontar.

No era uma vez de um menino, muitas outras vezes eram.
Sim, um garoto começou a história. Babau era Carlos.
Ou Carlinhos menino.
Por parte de mãe, neto de vovó Fiota e vovô Mundico.
Também neto de vovó Cota e vovô Américo, por parte de pai.

O menino cresceu sem a mãe, que deu lugar a ele no nascer.
Poucos dias de nascido, já pegava carona num caminhão
de carga de arroz.
Sua primeira viagem. O povo achava que seria sem volta.
— Esse menino não vai vingar! — alguém gritou ao longe.
Sobreviveu em meio ao poeirão do caminho.
Mamou numa cachorra, numa porca, numa vaca.
Antes mesmo de falar, o menino latiu, grunhiu, mugiu.
Onde já se viu?

Na casa do vô Américo, Carlinhos foi criado no colchão de capim, à luz de candeia, com a devoção à Santa Luzia, na roça de jerimum, na bandeira da Folia do Divino. Foi alfabetizado com o nome das frutas do terreiro: mangaba, baru, cagaita, cajuzinho-do-mato, murici, jatobá, gabiroba, ingá, pitomba, mama-cadela.

Banho era de bacia e também de riachinho.

— O quintal é um pedacinho do Éden — ouviu a avó dizer.

Fez da infância um poema de menino do mato, caçador de passarinho que por sorte foi ruim na mira do bodoque feito do galho da goiabeira.

Suas primeiras memórias vêm também das ondas da rádio comunista que ecoava na velha estante dos avós, quando havia notícias da Guerra do Vietnã, da Havana cubana, das ligas camponesas. A casa do vô Mundico se fazia em silêncio de tristeza quando a voz que saía do rádio dava anúncio do sumiço repentino de heróis com ou sem sobrenome.

— O mundo é desamoroso, menino – ele não se lembra bem quem lhe contou.

Nas histórias que embalavam seu sono, ouviu as agruras de Lampião, um cabra sabido e rimador, montador de burro brabo que entrou para o cangaço a fim de vingar a morte do pai.
— Desdita da vida, menino — o avô sussurrou.

Foi no retrato dos cangaceiros que aprendeu a palavra "serenidade".

Era um menino habitado de sonhos.
Primeiro, sonhou em ser cobrador de ônibus, a trilhar um vaivém que não se finda. Depois, sonhou em ser o piloto dos aviões recortados das revistas, aqueles que voavam nas paredes de seu quarto na casa dos avós. Sonhou em ser caixeiro-viajante, mascate a viver aventuras por estradas sinuosas.

Aos sete anos, guardava devaneios numa caixa de engraxate.
Aos nove, vendia notícias do mundo tiradas das páginas da revista *Sétimo Céu*. Aos treze, as pernas esticaram o mais que puderam,
a cruzar num só pulo rios sem pontes. Aos dezesseis, tomou rumo do Norte, deixou para trás a paisagem de arvorezinhas retorcidas. Na mochila, levou um exemplar de um engenhoso fidalgo, *Dom Quixote*, um livro
que faz rir e também faz chorar.

A VIAGEM
É PURO
ASSOMBRO

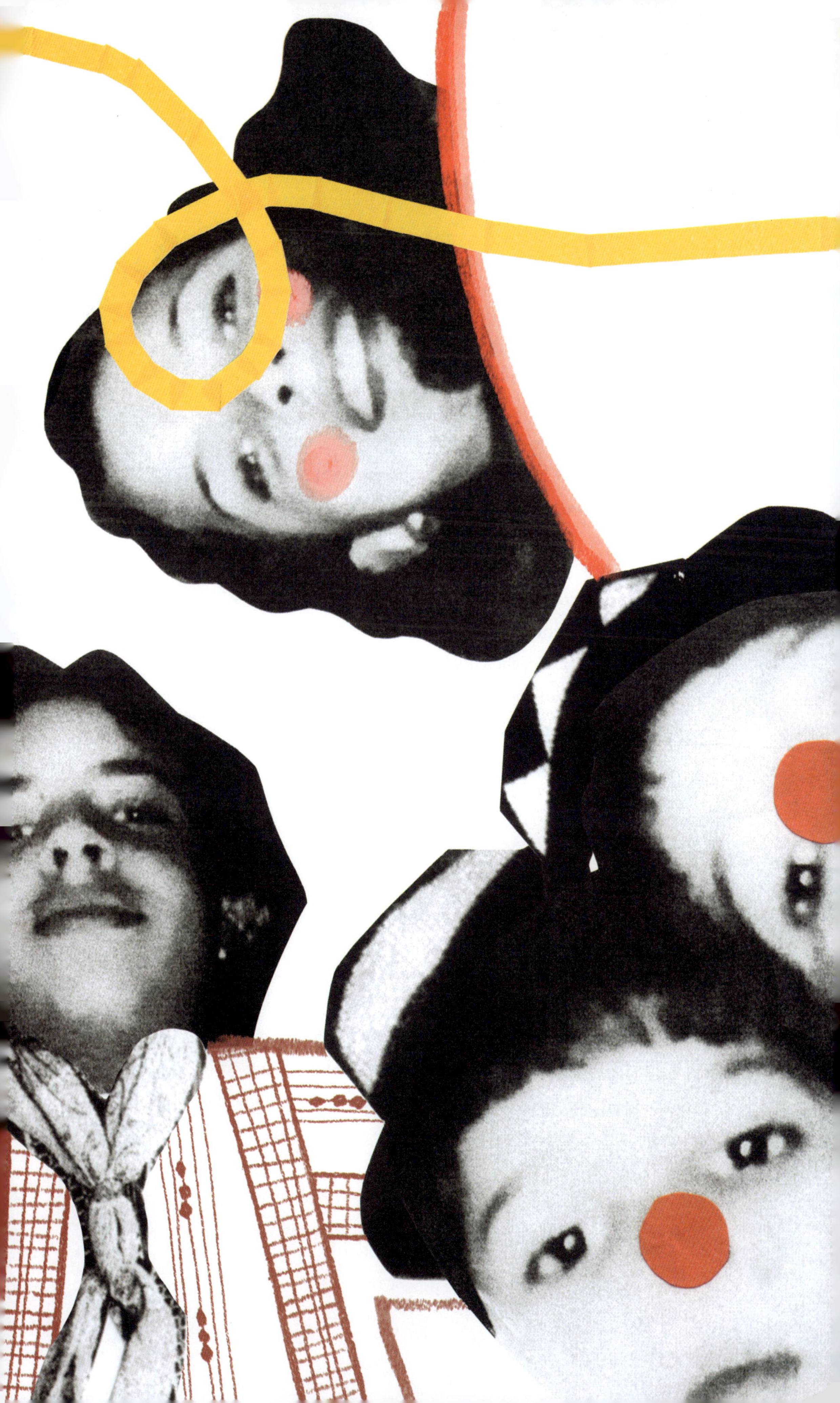

A estrada tem retas sem fim, serrarias a espiar o céu, arvoredos
a acariciar canteiros, buraqueiras a colecionar dores por todo o corpo.
— A viagem é puro assombro, tal qual é o viver.

Uma lombada, uma parada. O Planalto Central.
Foi ali onde o mundo se estende em curvas de concreto, num tempo
em que jovens alongavam as madeixas, que ele avistou no horizonte
uma trupe de teatro. Um chamado para encarar o próprio destino.
Encarnou seu primeiro personagem, Pedro Malasartes, o matuto esperto
a vencer os verdadeiros vilões das histórias que ouvia vô Mundico contar,
comandantes e coronéis. Estava ali um jeito de narrar a vida.

E o mundo girou, tornou a girar.
Mais e mais estrada a enredar.
Num dia outro, viu um boneco habitar mão brincante.
Um mamulengo, um mamulengueiro. Um babau, um babauzeiro.
— João Redondo! — gritaram alguns, ao longe.
E então muitas trilhas se abriram àquele rapaz ainda cheirando a menino.

Seguindo caminhos que os mapas não alcançam, foi em busca
de seus mestres. Bonequeiros, rabequeiros, repentistas, rezadores,
vaqueiros, aboiadores. Antonios, Zés, Marias, cheios de sabenças
emaranhando a arte do viver.

Viu belezas, viu agruras. Sussurrou baixinho, doído, versos de poetas de
outras épocas, sabidos de cor.

"Senhor Deus dos desgraçados!
Dizei-me, vós, Senhor Deus!
Se é loucura, se é verdade
tanto horror perante os céus...
Ó, mar, por que não apagas
co'a esponja de tuas vagas
de teu manto este borrão...?
Astros! Noites! Tempestades!
Rolai das imensidades!
Varrei os mares, tufão!"

Por campinas, capoeiras, vales, veredas e chapadas,
foi juntando pedaços, traços, fiapos e cacos da memória
de todas as gentes de um só lugar.
"O povo me salvou", vive ainda hoje ele a dizer.

Um sonho só no coração, alguns bonecos na mão.
Faltava apenas uma companheira para tanta imensidão.

Pois então, desembarcou na estrada uma moça de cabelo
cacheando segredos. Schirley sonhou o mesmo sonho de Babau.
Plantar arte, colher sustento.

Juntos, rumaram os dois ainda mais para o Norte.
No meio do caminho, tinha uma história, um enredo, uma fabulação,
uma peripécia, um entrecho, uma tramoia, um mexerico, um bafejo,
uma desventura, uma quimera. Era a vida em permanente estado
de acontecência.

> *O raio do sol suspende a lua,*
> *olha o palhaço no meio da rua...*

Viu na imagem dos palhaços da estrada, em meio à romaria,
as peripécias delirantes de Gargântua e Pantagruel, dois gigantes, pai e
filho, grotescos, mundanos, escatológicos, beberrões e glutões. Bondosos.
O espelho do mundo às avessas. A linguagem da praça, da feira, da rua.
— Na vida, antes de tudo, é preciso fazer rir — lembrou-se das palavras
de um profeta.

SERES DE CABEÇA DE CABAÇA

A família era de gentes, plantas e bonecos. Muitos bonecos, de vários tipos. Foram eles que chegaram antes da mulher e dos filhos, que por sua vez precederam o velho Brasilino, o ônibus-casa dos Gomide, verde, amarelo e azul, modelo 1967, reformado, cujo destino incondicional eram as profundezas do agreste.

Eram todos, pais e filhos, descendentes de seres de cabeça de cabaça, cabelo de sisal, olhos de mucunã e vestidos de chita, tudo num bailado desconjuntado.
Alguns bonecos foram herdados, remendados.
Outros, paridos dos restos do mundo.

    Urubulino bateu asas num velho guarda-chuva preto.
    Uma raposinha nasceu de um escorredor de macarrão.
    Uma tampa de privada fez as vezes do capataz Simão.
    E assim se dava a brincadeira com as sucatas do caminho.

O pai de todos era Alegria, o palhaço de cabeça pequenina e corpanzil azul listrado. Caminhava num agigantado balançar, gravata amarela no pescoço. Encantava todo mundo quando abria seu paletó e descortinava no peito um reino de bonecos.
Eram os mamulengos do pai, colecionados havia anos.
Quando Alegria se fez no mundo, logo depois nasceu Felicidade, a boneca da mãe. Olhos de tudo ver, trançava esperança nos cabelos de barbante tingidos de lilás.

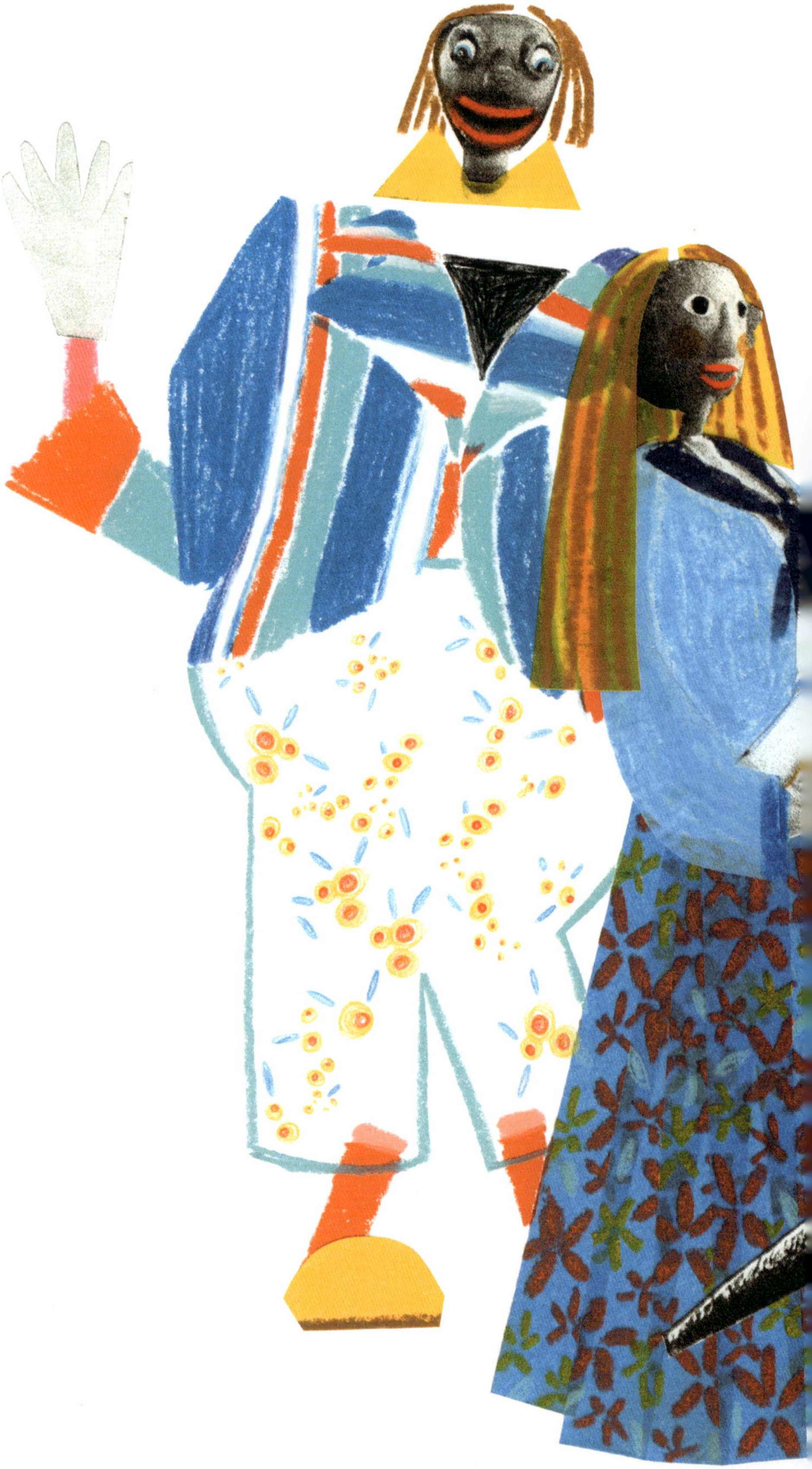

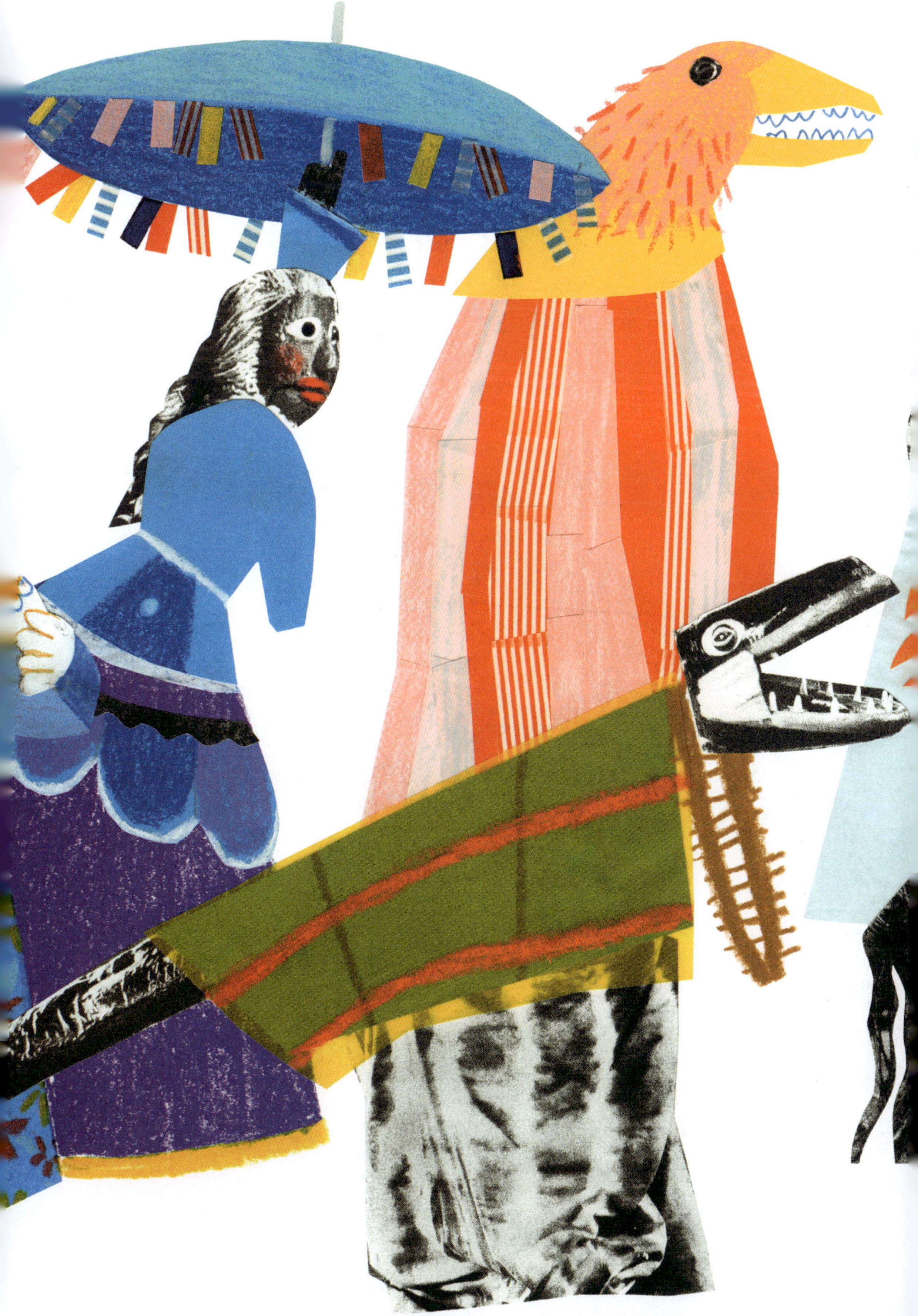

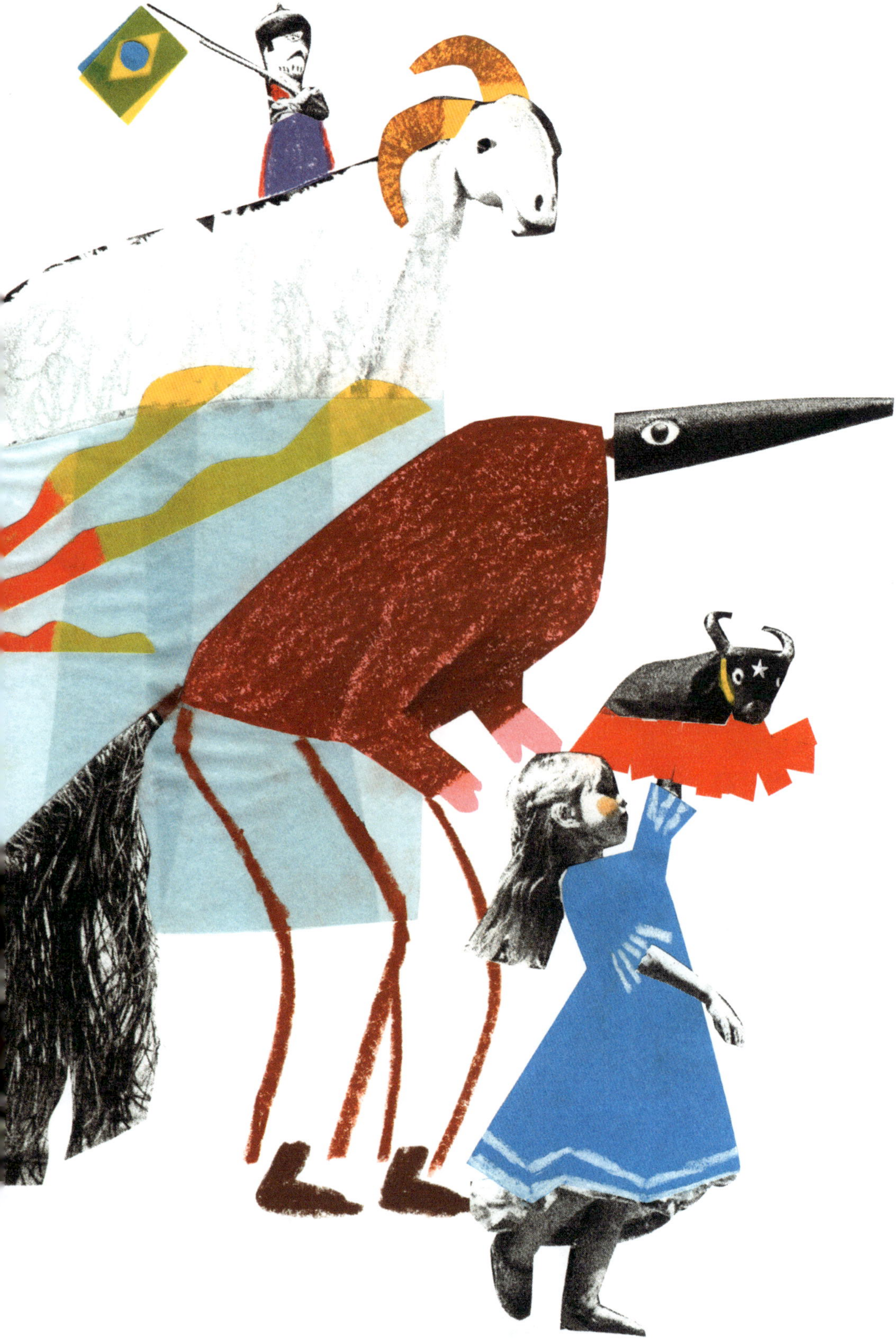

Desse modo, brincavam em dupla, Alegria e Felicidade.

Da janela aberta no peito, o pai espiava o mundo do próprio jeito. Era quando os filhos pediam uma brincadeira saída das tripas do palhaço Alegria. O pai contava histórias, inventava versos, entoava cantigas.

— A mulher do palhaço é um colosso... — jogava o pai.
— Caiu do cavalo, quebrou o pescoço! — rimavam os filhos.

— Subi pelo galho, desci pela rama... — continuava o pai.
— Moça bonita não mija na cama! — emendavam os filhos.

— Três pimentas não dão molho... — provocava o pai.
— Na cabeça do palhaço só tem piolho! — respondiam os filhos.

O dia raiava, e a brincadeira não findava.

Quando Alegria chegava ao fim, todos sabiam que o palhaço voltava para a caixa.
Os gêmeos das pernas de pau tiravam a gravata-borboleta amarela. As caçulas puxavam e guardavam as mãos grandalhonas. Antonio retirava com cuidado de neto a cabeça do boneco.
— Fiquei agora desmiolado! — gritava logo o pai.
João dobrava cuidadosamente o paletó do gigante. Os sapatos, guardados por Maria, anunciavam o início do descanso.

Seja noite, seja dia,
viva o palhaço Alegria!

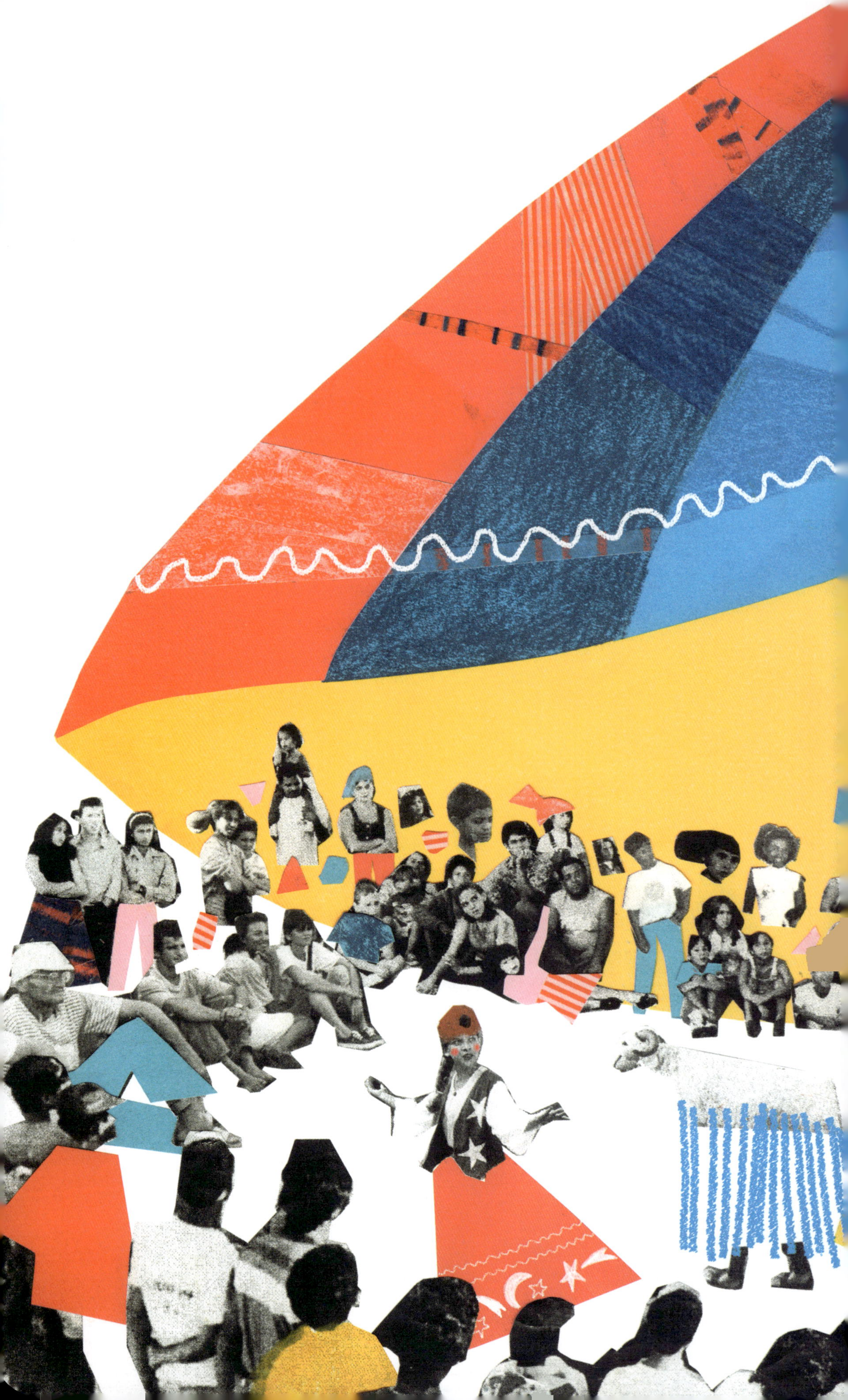

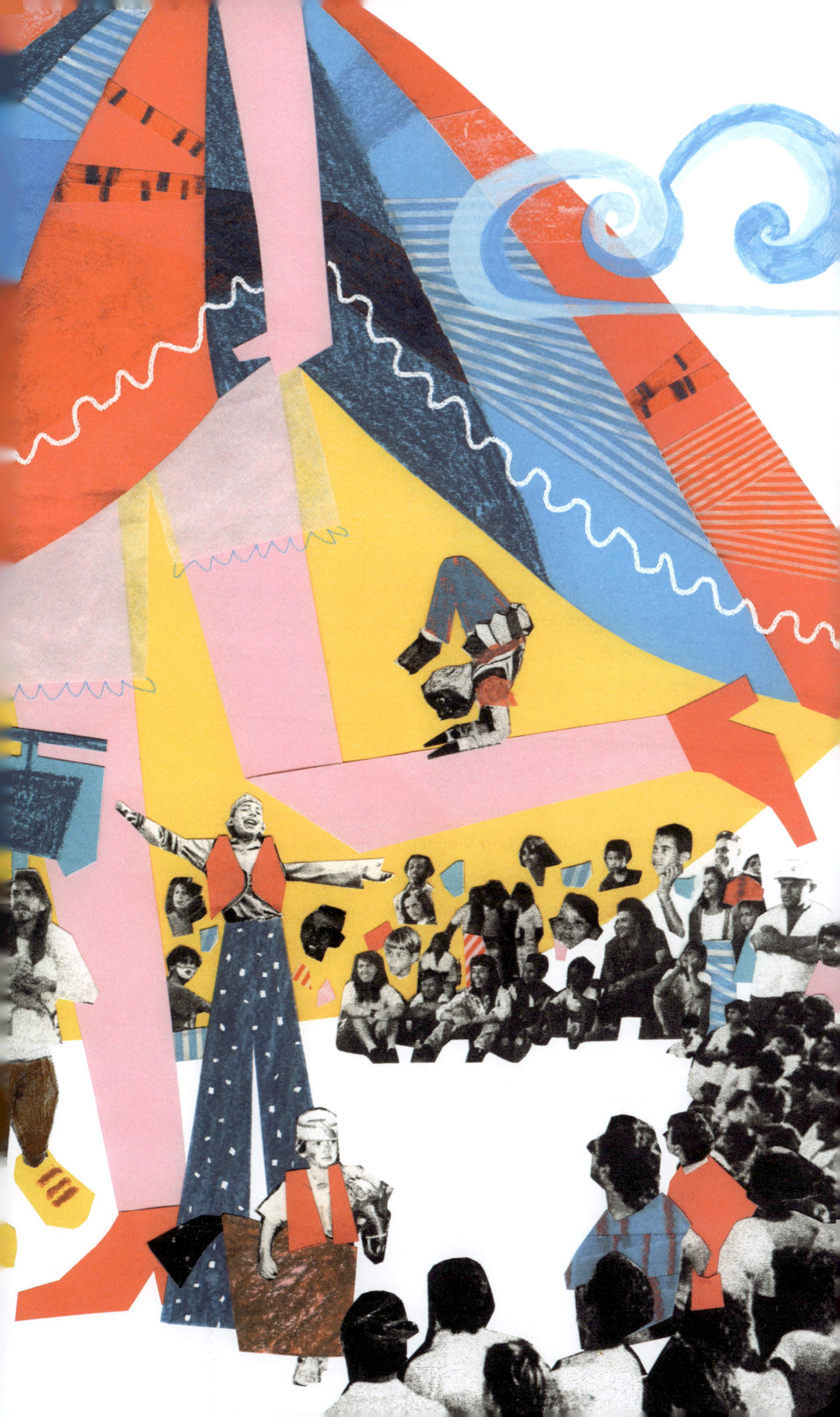

SUA SAIA ENREDAVA TODO UM PICADEIRO

Caprichosa, a mãe aprendeu a fazer de cada canto do mundo uma verdadeira morada. Em muitas paradas, o telhado era só céu estrelado. E sua saia de remendos, pedaços de muitos caminhos, era a lona de um picadeiro.

Mal chegava, tudo se aprumava.
Toalhas de crochê enfeitando um móvel velho e roto, um altar para meu Padim ajeitado sobre um dos muitos baús, ao lado do retrato de Nossa Senhora da Boa Viagem. Por todos os lados, pilhas e pilhas e pilhas de livros. Na porta da casa ou debaixo de uma mangueira, os sapatos dos filhos se alinhavam, todos limpinhos, prontos para abrir veredas de mundos.

Os sapatos vermelhos de Maria,
as sandálias de couro de Antonio,
as chinelas de Francisco,
as alpercatas de João,
as pernas de pau dos gêmeos Pedro e Matheus,
as sapatilhas furadas de Isabel,
os tênis de Luzia...

Barriga sempre enluada, a mãe vivia a fazer listas, infinitas.

A organizar a desordem das horas...
Histórias a perder de vista,
personagens esquisitos do caminho,
paisagens de verdes incontáveis,
memórias que saltaram do baú durante a viagem
(pois a tampa do tempo era, por vezes, frouxa).

Listava os afazeres, os dizeres, os bem-quereres.
Listava os arvoredos, os segredos, os muitos enredos.
Listava os odores, os amores, alguns dissabores.
Listava os ensejos, os lugarejos.
Listava... listas a listar.

Listava também vilas encantadas pelo tempo, cidadelas perdidas
na curva de um rio, localidades que beiravam a solidão:
Fim dos Destinos
Entardecer das Almas
Calmaria das Horas
Curva dos Dias
Ventos Errantes
Olhos d'Água
Destinópolis

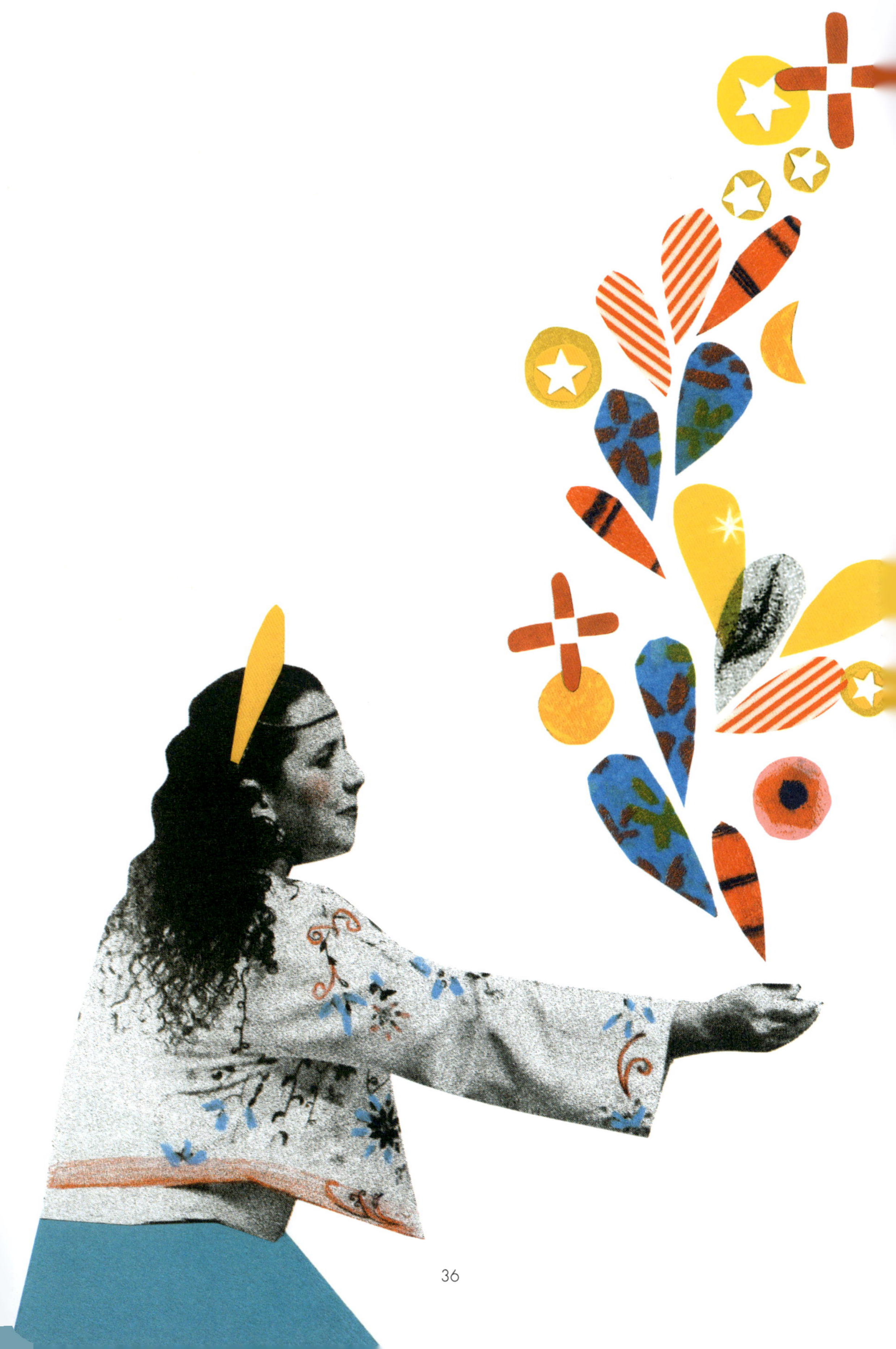

Listava a fome dos filhos:
500 quilos de feijão e fava
600 quilos de arroz
300 quilos de jerimum
200 quilos de rapadura
2 toneladas de hortaliças

Um dia, acordou e listou alguns ecos e todos os bonecos:
Alegria, o gigante que carregava um teatro de mamulengos no peito;
a Miota desengonçada de Maria;
a burrinha Fumacinha, agora diversão de Isabel;
Janeiro, que espiava o mundo por cima e por baixo;
Benedito, o herói dos mamulengos;
Urubu, ave-boneco com dentes de tubarão;
Velha Chiquinha, avó de Miota;
João Bondade, feito de mulungu;
Sabirinho, passarinho de cabaça;
Baltazar de Souza Pompeu, "tombou pra frente, caiu", "tombou
pra trás, morreu";
Carneirinho e o dragão Xodó.

Não só. Tirou, então, do fundo de um baú o Estrela e sentiu no peito uma solidão imensa ao ver nos olhos do boi de brinquedo todas as pelejas do sertão. Acariciou o enfeite no pescoço, sentiu a carência da saia cheia de remendo na ponta dos dedos. E lembrou-se de todos os nomes do
boi aruá, selvagem e bravio, a botar o povo na rua a brincar:
Boi-calemba
Boi-bumbá
Boi-surubim
Boi-janeiro
Boi de mamão
Boi de mourão

Espiou a insônia do boneco,
havia tempos sem sonho, sem brincadeira.
Baixinho, cantarolou os versos da canção
tantas vezes a ninar os filhos no oco da escuridão:

Pode dizer que aqui chegou um boi.
Ele veio de muito longe
pra brincar neste lugar.
Veio trazendo as matracas e os tambores
pra acabar com a tristeza
e curar dores de amores.

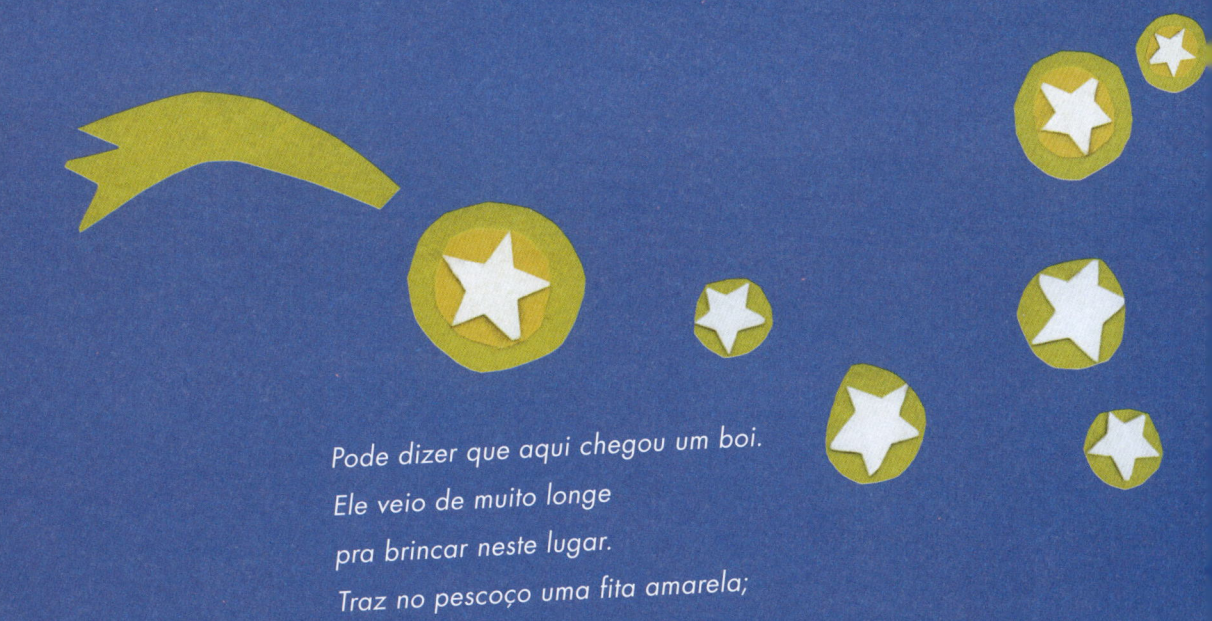

Pode dizer que aqui chegou um boi.
Ele veio de muito longe
pra brincar neste lugar.
Traz no pescoço uma fita amarela;
esta fita é uma lembrança
que ficou de uma donzela.

O boi boneco, esquecido no fundo da caixa,
por fim abraçou a noite.

ÁGUAS QUE DESÁGUAM SAUDADE

Foi no palco, quase em cena, que nasceu a primogênita dos oito irmãos Gomide.
— Seu nome será Maria! — O pai a batizou num ano que ninguém se lembra bem e num dia em que ninguém sabe precisar qual.
Nome das muitas Marias das rezas da avó, das muitas Marias do caminho.
Para ajeitar o enxoval da recém-nascida, os pais passaram, após o espetáculo, o chapéu, que se fartou de fralda, xale e pomada e também de fitas de Nosso Senhor do Bonfim, figas da sorte, berrantes, espigas de milho, espadas-de-são-jorge. Todo o povo, de todas as bandas, queria presentear aquela menina nascida de tanto improviso, rodeada de tanto alumbramento.

Um tocador entregou seu pertence mais precioso, uma sanfona surrada, pois logo pressentiu o dom da criança.
Um andarilho presenteou o bebê com botinas de couro e um trevo de quatro folhas para dar sorte na caminhada.
Uma velha muito velha de sabida entregou um lenço branco assim que ouviu o primeiro choro comprido da menina.

Maria chorou mais forte e mais alto que os sinos da igreja no topo da colina.
O pranto da menina não foi de dor de parto nem de fome de peito, tampouco de medo daquela gente espantada a espiar o rebento.
Chorou a se contorcer de saudade.

— Mas já tem saudade de quê? — perguntava a mãe, que não tardou a identificar aquele choro intermitente.

A parteira espiou o fundo do umbigo, talvez morasse ali o mistério. Nada.
A benzedeira procurava respostas em suas ervas, seus terços
e suas rezas. Nada.
A curandeira testou todas as receitas de xaropes e garrafadas. Nada.
Nada de nada mesmo. Nada fazia Maria parar de chorar, sempre
no mesmo horário, sempre em outro lugar qualquer, pois, há poucas horas nascida, a vida da menina já se fazia de chão e poeirão.

Até que, certa feita, vida na estrada, o pai decidiu ninar a garota sem o canto de bois, tamanduás e tutus, mas com algumas notas desastradas da sanfona que a filha ganhara ao nascer e que andava perdida num dos infinitos baús.
Qual não foi sua surpresa ao perceber a menina silenciar no mesmo instante o choro?
Sorriu pela primeira vez, a balançar os pezinhos descalços.
Suspirou de alívio.

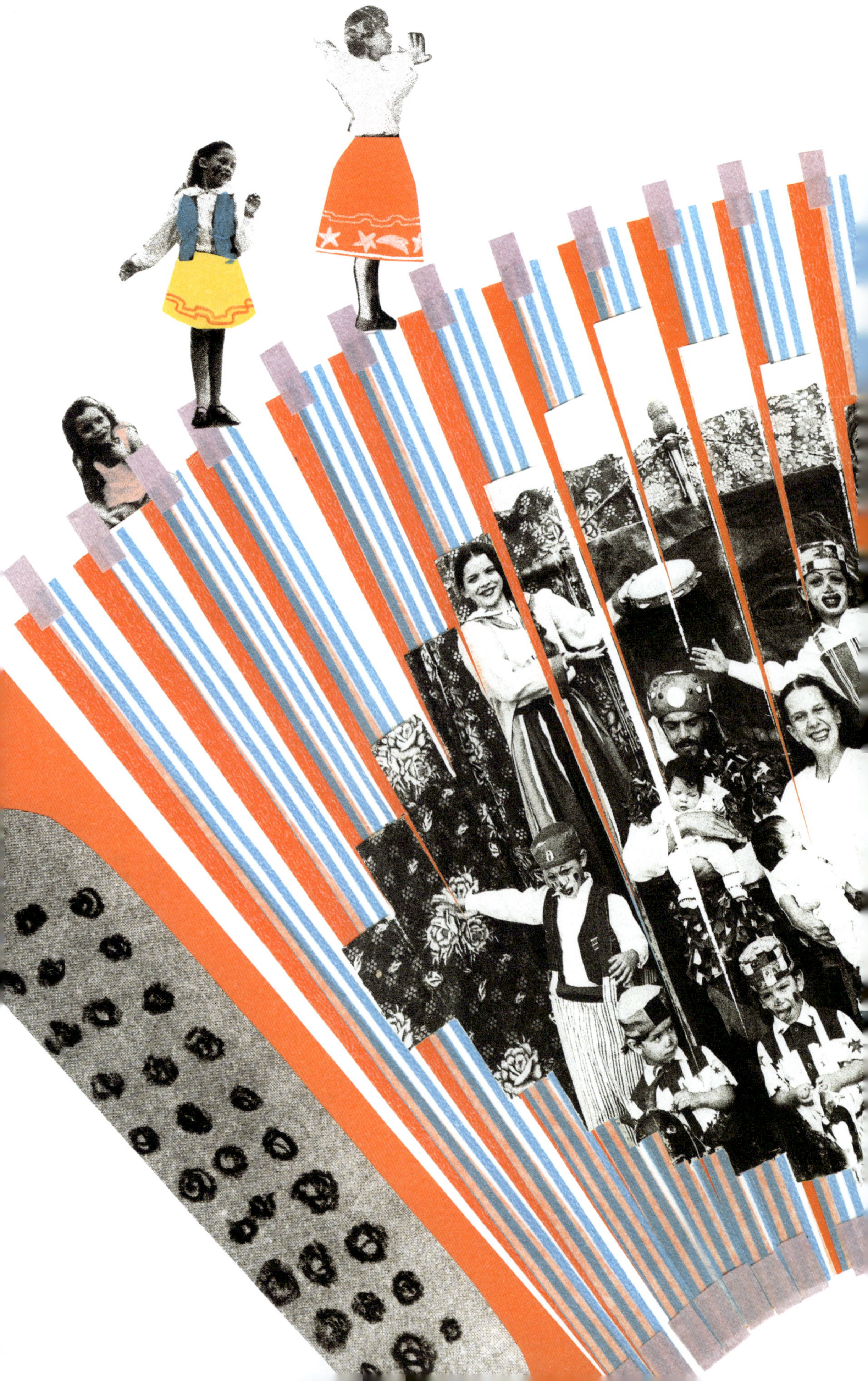

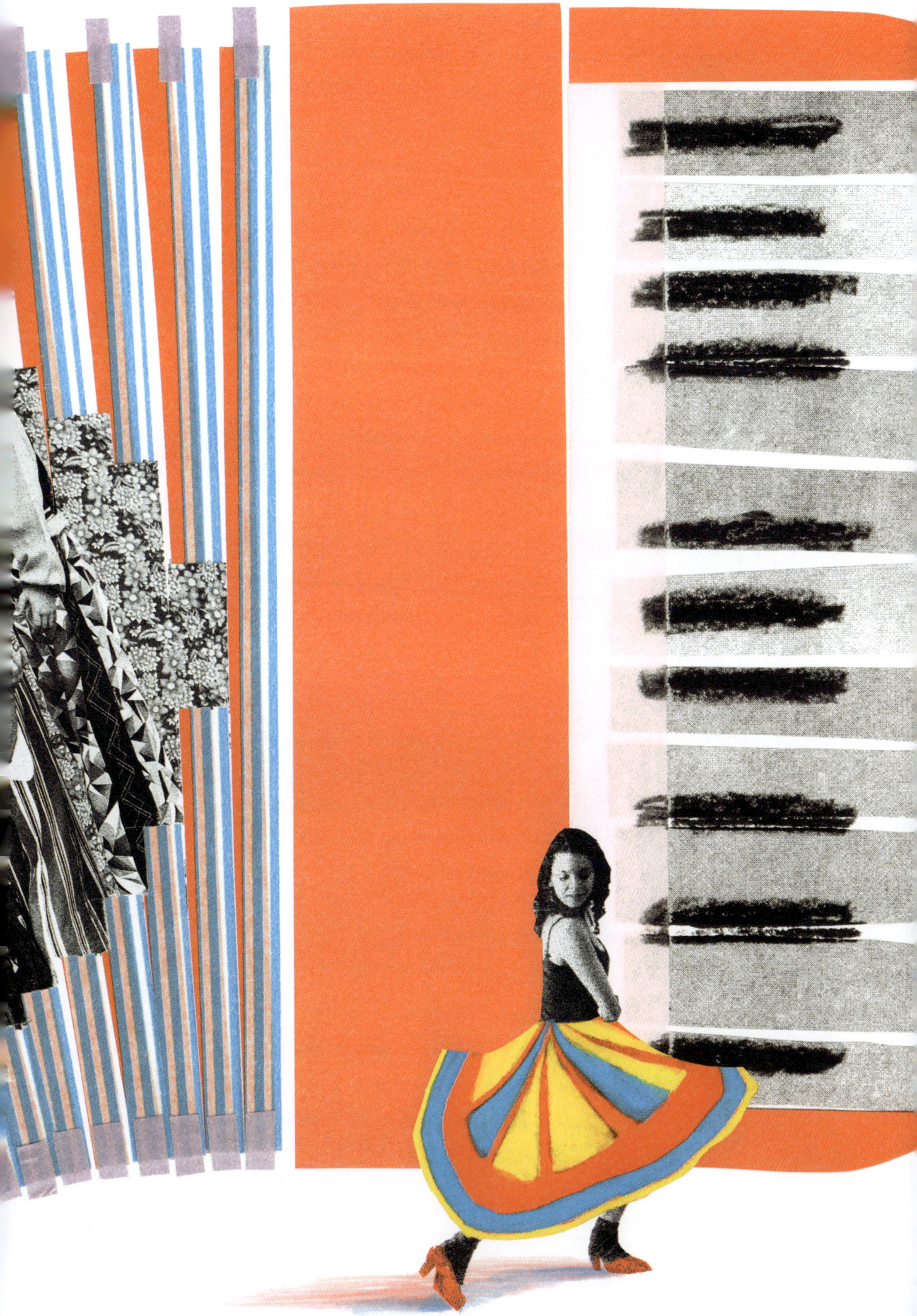

Assim cresceu, cresceu assim.
De praça em praça, de campina em campina.
Olhos cheios de incompletudes e ausências, a menina era muitas vezes a plateia solitária dos pais, os gigantes Felicidade e Alegria, a tirar enredos da barriga.

Ainda pequenina, ficava horas agachada, mãos escorando cabeça e pensamento, a ver o pai efabular as histórias do mundo. Ele sempre ficava calado quando a cabeça ventava novos inventos. Não falava, não piscava nem triscava.

E havia horas o pai observava uma cabaça, cabeça de ser.
A menina, então, adormeceu em seus pensamentos de revoar passarinho.
Quando acordou, o pai lhe entregou uma caixa grande e fechada.
Ela enlaçou o presente como se abraçasse o mundo inteiro, de janeiro a janeiro. Levantou a tampa, arregalou os olhos cheios de céu.
Com controlada euforia, tirou uma enorme cabeça, duas mãos boas para fazer cafuné e catar piolho, um corpo desengonçado, dois sapatos.

— Miota, há quanto tempo estava à sua espera! — disse a menina, saudosa.

Nascia uma menina-gigante, cabelo de bucha, nos olhos duas sementes de mucunã, a boca tingida de vermelho, roupa feito jardim.
Maria se vestiu de Miota. Eram uma só.

O pai, então, cantou:

> *Miota bonita, Miota tá chegando;*
> *cabeça de cabaça e corpo de pano.*
> *Miota bonita, Miota faceira,*
> *levanta a cabeça, rebola as cadeiras.*

UM MENINO RIMADOR

O pai criou um só espetáculo para os filhos morarem, viverem, crescerem.
Por toda a vida.
Pois então, o descortinar do dia da família Gomide era em qualquer palco, onde quer que estivesse, debaixo de toda sorte. Com chuvisco, com ventania.
Erguer os mastros que seguravam os varais de chita servindo de cenário era um levantar de velas para a trupe zarpar em alto-mar. Plateia à vista!
Já não mais sabiam se o palco era a casa ou se a casa se mostrava palco. Tanto fazia.

Em roda, na rua ou na praça, passavam o chapéu para com algumas moedas pagar a conta na bodega, remoçar as botinas, saciar carências.
Viviam de pequenas trocas. Se sustentavam nos próprios fazeres e saberes.
— Viver de rodar o chapéu é uma bravata! — dizia quem a família conhecia.

Cada irmão tinha logo cedo um instrumento na mão.

Antes mesmo de saber falar, já assobiavam as melodias ensinadas pelo pai. É que em cada pedaço de sertão aprendiam uma sinfonia de assobios do vento – mais assustado, mais gaguejante, mais tremulante, mais vagaroso, mais desafinado, mais alongado, mais atabalhoado, mais penetrante.

A escola dos Gomide tinha como professores uma infinidade de bonecos: burrinhas, jaraguás, dragões e tamanduás, bichos que ajudavam os filhos a no palco engatinhar, andar, falar, cantar, tendo o pai como mestre de cena.
Bichos nascidos da tradição e também da invenção.
Cada qual com sua canção.

Ouça a canção!

Minha burrinha come palha com arroz,
arrenego da burrinha que não pode com nós dois.
Minha burrinha nasceu no Juazeiro,
ela é pequenininha, mas andou o mundo inteiro.
Minha burrinha nasceu no Ceará,
ela é pequenininha, mas já sabe vadiar.
Eu tenho muito amor pela minha burrinha,
ela é esperta seu nome é Fumacinha.
Essa burrinha tem cuidado, tem carinho,
ela bebe água lá no riachinho.
Minha burrinha é mesmo uma flor,
ela sabe o caminho da casa do meu amor.
Minha burrinha vai devagarinho,
toma cuidado com as pedras do caminho.

Quem começava a dar os primeiros passos ganhava a burrinha
Fumacinha para no palco desfilar. Se falar já sabia, brincava
com o bode Pinote de noite e de dia. Já mais crescidos, podiam brincar
com o carneirinho ou com o tamanduá, que pediam destreza no caminhar.
E assim seguiam fazendo escola de bonecos, todos nascidos das mãos do
pai, cerzidos pelas agulhas da mãe.

"Nasce uma nova criança, nasce uma nova cena!" era o lema da família.

Em cada filho florescia uma vocação.
Se Maria vivia a se contorcer de saudade, Francisco tinha ideias na palma das
mãos. João galopava pensamentos. E Isabel rascunhava mapas de compaixão.
Não foi diferente com Antonio, um menino que cedo revelou sua maestria
no mundo. Já havia tempos brincava a burrinha Fumacinha, o boneco
herdado da primogênita, que ensinava aos irmãos como era ganhar
a vida no palco e enfrentar a plateia. Era só quando falava as primeiras
palavras, ainda que "mamá" ou "papá", que trotavam o cabrito, que corria
e berrava bééééé.

A mãe esperava um "á", um "dadá", um "ô", um "cocô". Ou qualquer
outra interjeição simples que os bebês desenham no céu da boca.
Que nada. O dom do menino logo se revelou. E foi um deus nos
acuda quando aconteceu. É que, ao abrir a boca para dizer algo,
foi logo rimando.

O que vou ensinar
você vai ver.
A matéria que eu sei
sabiá não sabe ler.

— Como é que é? — perguntou a mãe, de pronto.

*Eu tenho um bichinho,
o seu nome é Xodó.
Solta fogo pela boca,
lamparina da vovó.*

— Minha nossa, e não é que um menino rimador...? — emendou a mãe.

Antonio botava rima em tudo: nos bilhetes apressados, nas receitas
de garrafada, nas mensagens dos biscoitos de boa sorte, nas bulas
de remédio, nas placas da estrada, nas cantigas de ninar, nas cartas de amor,
nos anúncios da rádio, nas sortes tiradas pelos papagaios nos realejos
(ah, ali já vinha com rima!).

E isso tudo quando ainda não tinha nem dois anos de idade.

DAS ORIGENS DO MUNDO

Luzia, a caçula, a última a insistir em nascer, equilibrava na cabeça dicionários, um jeito de ajudar a emparelhar as letras, uma a uma. Curiosa, perguntava o sentido e a procedência de tudo. Quando recebia a resposta, ficava quieta feito árvore, como se sorvesse o sumo nas raízes.

— Pai, qual é o significado da palavra "hu-ma-ni-da-de"? — perguntou a menina, sílaba por sílaba, buscando entender cada som durante a pronúncia.

O pai respondeu com outra pergunta:

— Filha, posso contar uma história?

— Sim, conta a história da menina que nasceu sem a luz dos olhos!

— Não, conta aquela de como surgiu no mundo a algazarra...

— Ah, e a guerra do reino do tudo é meu contra o reino do tudo é nosso?

As peripécias vividas, ou inventadas, embalavam as noites desestreladas e faziam o sono brotar até pelas orelhas. Cada filho tinha seu enredo preferido.

A história, porém, era para a menina que carecia de saber o quanto luzia
naquele mar de irmãos. Para ninar a pequena ainda cheirando a leite,
o pai contou uma história nova, um antídoto contra todos os males do mundo.

> Era uma vez...
> um gigante.
> Um gigante que morava num lugar muito distante.
> Um gigante que morava num lugar muito distante e tinha
> um só olho de diamante.

Já cansado da mesmice dos dias, resolveu passear pela Terra, deixando
os cabelos se embaraçarem nas nuvens. O pai balançava seus cabelos
e sua barba havia tempos deslembrados de tesoura e navalha. Luzia ria.
As pessoas logo avistavam aquela criatura imensa, chacoalhando
o chão com seu pisar suave. O povo das vilas e dos arraiais estremeceu,
apavorado, ao ver aquela imensidão de homem, um só olho raiando
no meio da testa. Aparentava ser monstruoso. Distraídas pelo medo,
as pessoas demoraram a perceber que o gigante era doce, terno,
bondoso. Sentado na beira da cidade, ele cantava:

> *Feliz, eu sou feliz,*
> *eu não sou nada,*
> *eu sou feliz.*
> *Pequeno, muita atenção;*
> *gigante só... o coração.*

Ao ouvir o canto doce do gigante, as crianças logo perderam o temor,
aproximando-se aos poucos para ver de perto tanta vastidão.
Homens e mulheres paravam seus afazeres para ouvir o soar agigantado.
Todos queriam ver de perto tamanha criatura.
Sem medo, as crianças escalavam suas mãos. E ele as balançava
com cuidado. Colocava no ombro, feito escorregador. Seus cabelos eram
infindáveis cipós para alcançar os céus, para ver tudo e todos lá de cima.
Uma maravilha.
Logo, todos o amavam.

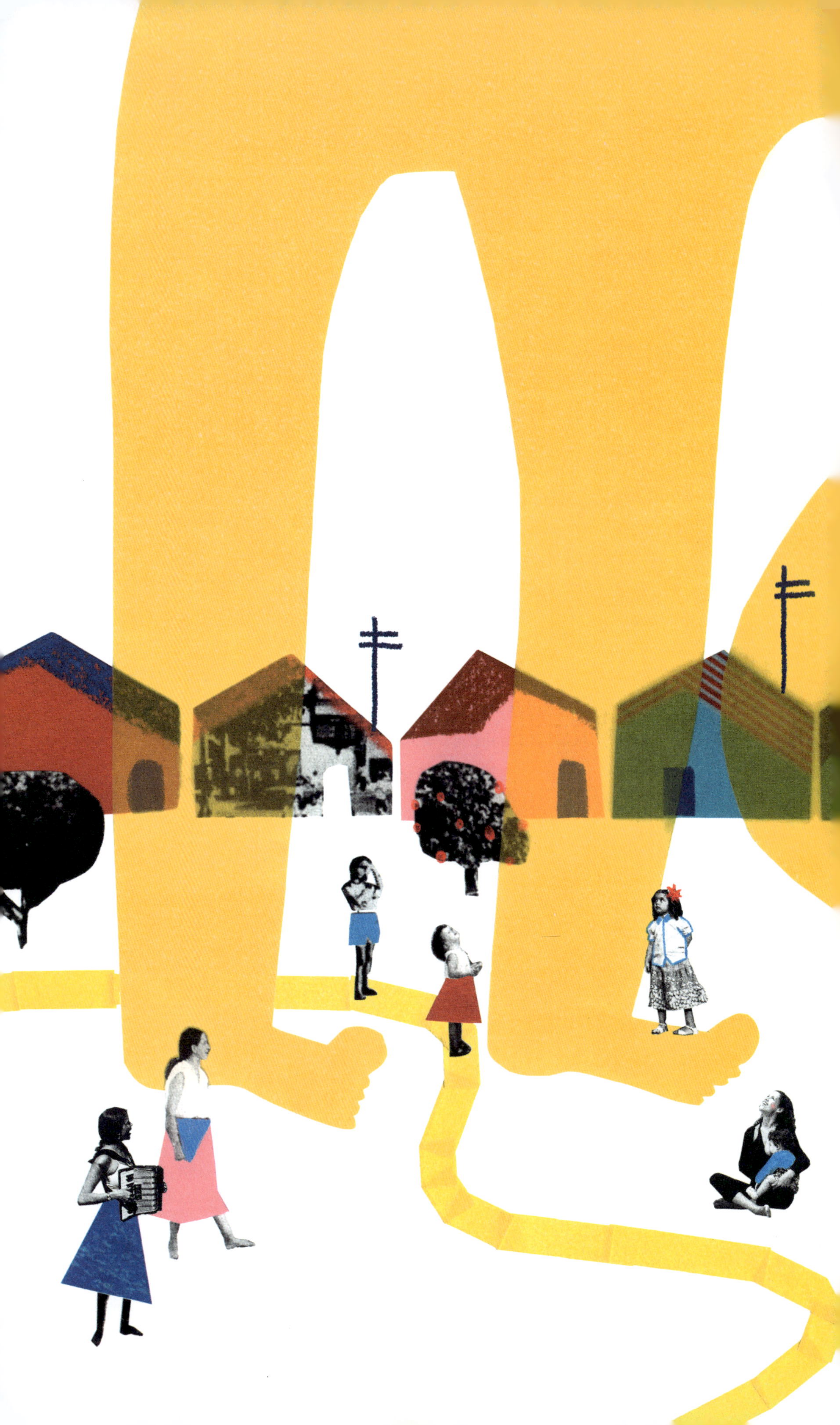

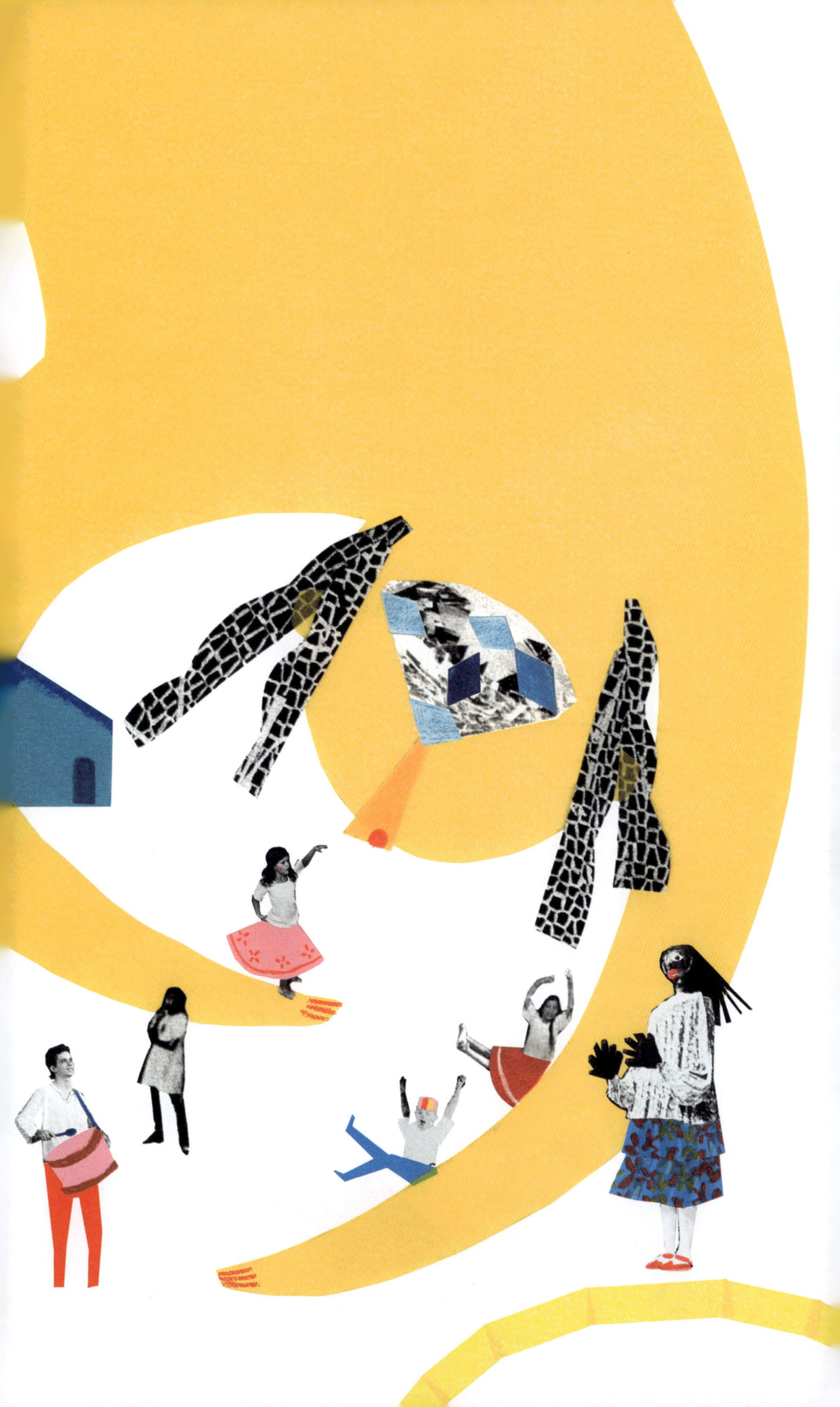

Até que um dia...
— Sempre tem um "até que um dia", um "mas", um "porém"
nas histórias — comentou a menina, ansiosa pelo porvir.

O pai respondeu com um sorriso largo e continuou:
Até que um dia alguns homens se encantaram pelo brilho intenso
de seu olho solitário, pois já tinham notícias das pedras preciosas que habitavam
o mundo de rubis, safiras, esmeraldas... Desconfiaram que ali também
repousava uma pedra de grande valor, ainda desconhecida dos homens.

"Olha como ela reflete as cores das nuvens, o verdejar das árvores! É um
espelho dos pássaros em revoada!", exclamavam as pessoas, enfeitiçadas.
"Um dia todo mundo vai amar aquela pedra. E por isso será chamada de
diamante", alguém logo batizou.
O pai quase sussurrava a história, como se espiasse pelas frestas
de dentro a figura do gigante, rodeado de olhares cobiçosos.

"Temos que nos apoderar daquela pedra!", bravejou um dos homens.
Foi quando todos bolaram um plano para capturar o gigante.
Sem desconfiar da armadilha dos homens de dois olhos, o gigante
aceitou o pedido daqueles que se mostravam desejosos de brincar,
tal qual as crianças.
Logo, contudo, revelaram sua real intenção e, desesperado, o gigante
fugiu daquele exército de olhos cobiçosos por seu olho só, a brilhar.

Ele fugiu o quanto pôde, mas viu que não tinha mais o que fazer.
No topo de uma alta montanha, lá de cima, arrancou com toda a
força a pedra, que foi atirada para o sopé e se despedaçou em
milhares de pedaços e fagulhas, espalhando diamantes pelo mundo.

Feliz, eu fui feliz;
meus olhos sangram,
eu fui feliz.
Pequeno, viva o amor;
diamantes carregam dor.

O gigante caiu, retumbando trovões nos céus por milênios, e seu corpo arou toda a terra. Sua existência transformada em húmus, puro alimento, fez brotar do chão a palavra "humanidade".

CHEGADA É ALVORADA

A cada parada, os gêmeos disparam uma pergunta:
— Quando deságuam os rios, o mar se enche de pranto?
— Na barriga das árvores as folhas sentem cócegas?
— Onde um menino se cresce em córrego?

Andarilho a correr terras, Brasilino já anunciava exaustão no ruído do motor, no cheiro de asfalto impregnando as rodas tortas, nos vidros tingidos da poeira vermelha das estradas vicinais. Pedia um porto, um pouso, ainda que breve.

Um dia, depois de muito prosseguir, chegaram ao fim da estrada.
Todos sempre acharam que ali morava um abismo, bem na curva derradeira.
— Onde o longínquo se faz mais distante? — perguntaram os dois, em coro.

O pai nem ouvia a pergunta, tinha um sorriso largo.
Naquela beirada do longe, de localização incerta nos mapas envelhecidos, esquecidos nos baús, o vento carregava silêncio. As nuvens, num céu de anil, murmuravam criaturas. Batidinha, a terra cheirava a prudência.
A léguas de distância, ouvia-se o som das árvores se espreguiçando nos terreiros.

Naquele sertão, a vida era feliz feito um eterno São João.

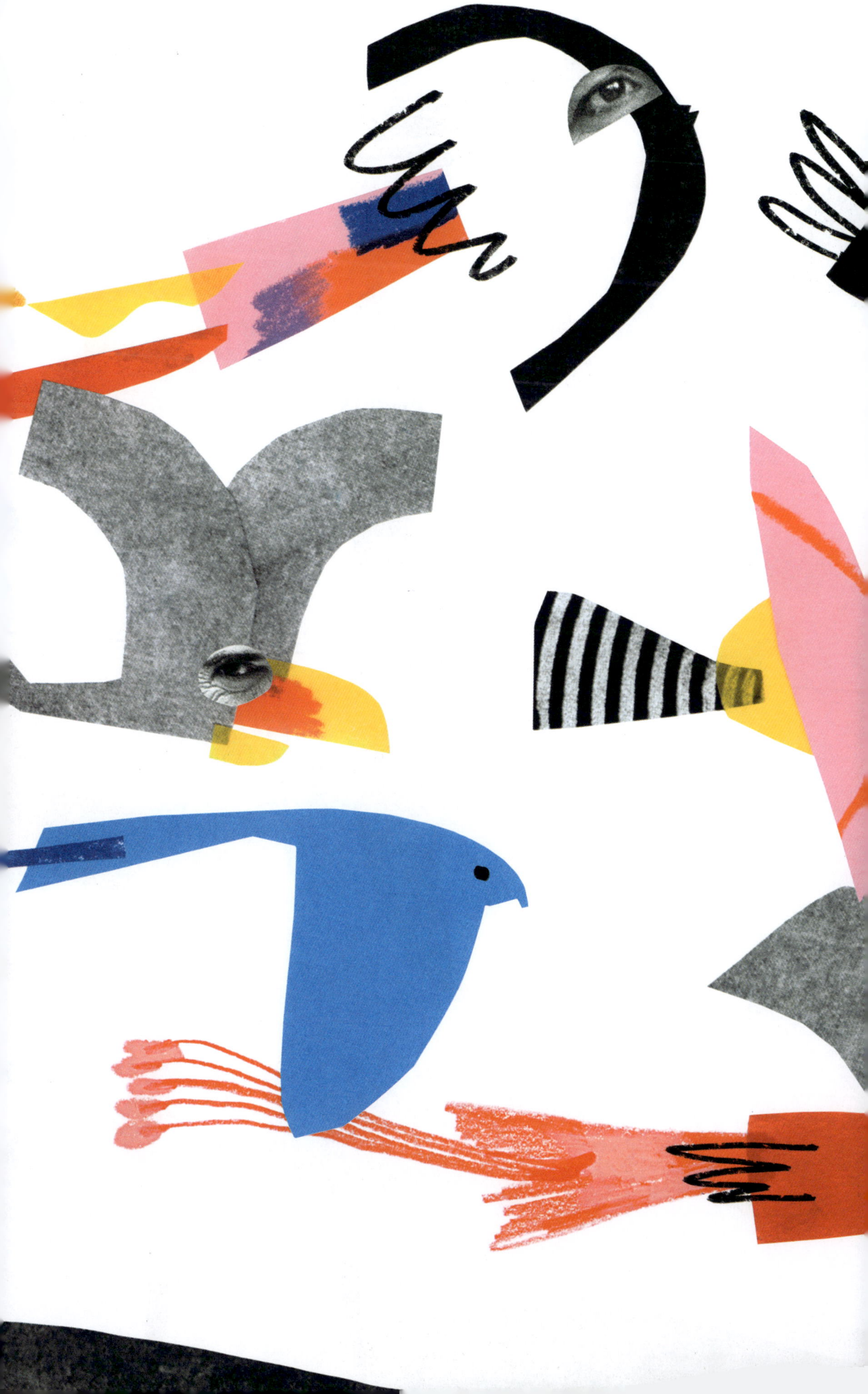

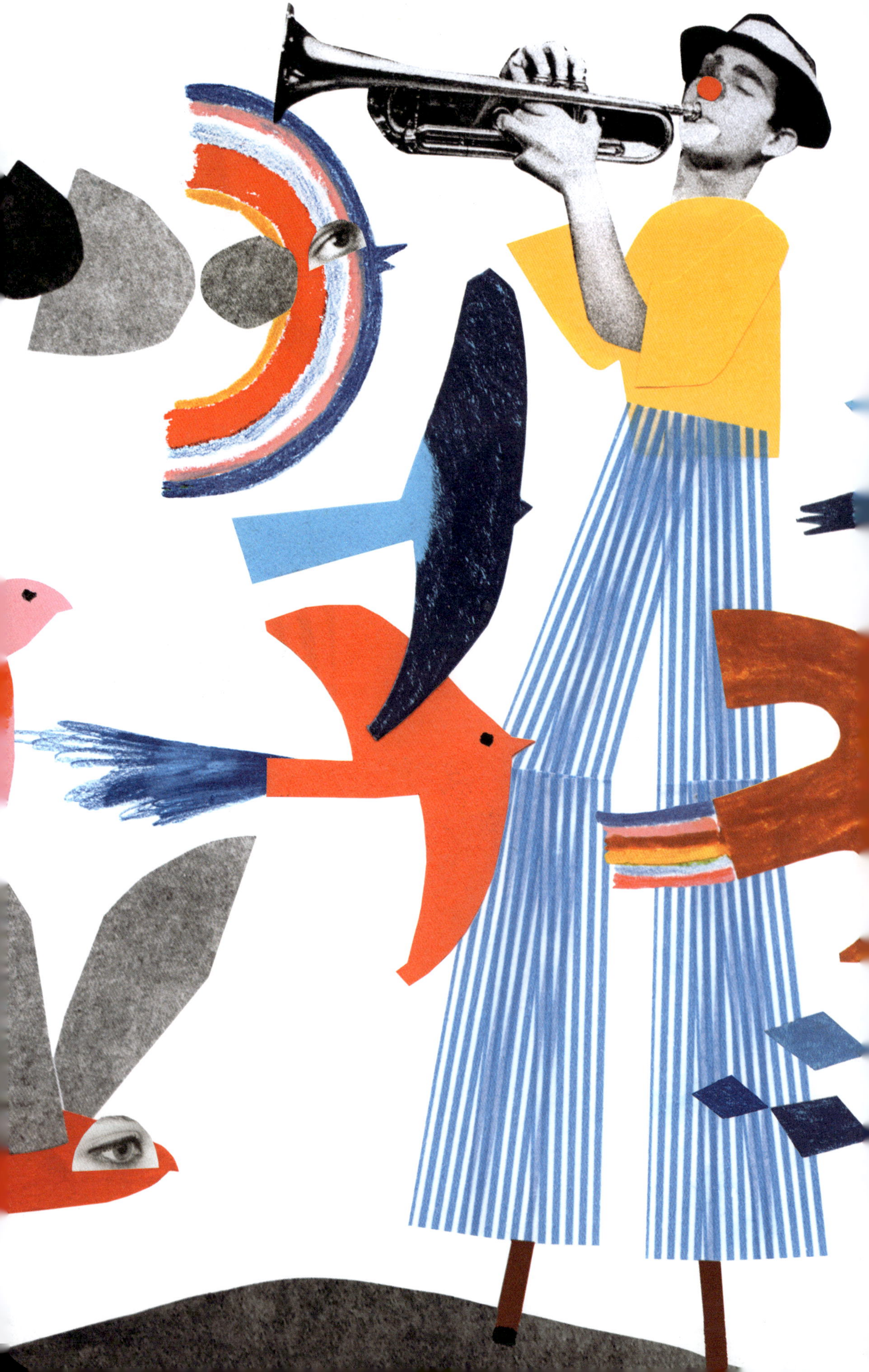

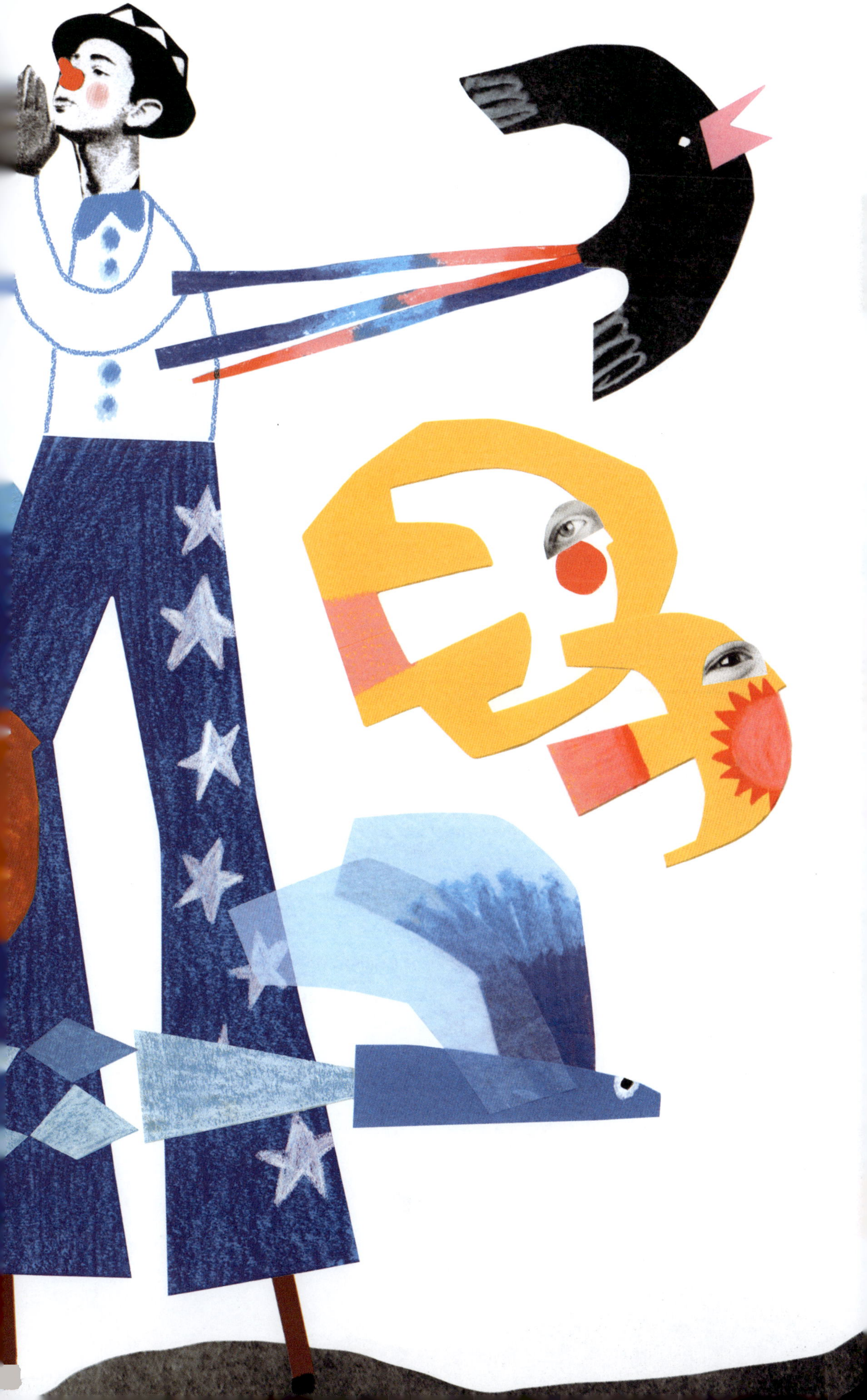

E, então, desembarcaram os muitos devaneios, os poucos pertences.
Todos já sabiam de cor aquele ritual acalentado de sonoridades.
Ao abrir dos baús, o acordar da sanfona de Maria, do mugido sentido
do boi Estrela, dos versos das canções rascunhadas pelo pai.
Um desembarque de acordes naquele lugar onde o despertar era com
o som remoto dos aboios.

A mãe sempre dizia que chegada era como alvorada.
— É quando um novo horizonte amanhece no peito.

Os gêmeos traduziam seu mundo em interrogações.
— Quantas aves tem um horizonte? — perguntou um deles.
— Quantos horizontes guarda uma ave? — indagou o outro.

Era aquele um lugar de entretempos.
De tempo tão suspenso quanto o suspensório do dono da venda
em que a mãe comprava os pãezinhos amanhecidos pela manhã.
— Quero vinte pães, meu senhor — dizia ela, gêmeas no colo, gêmeos
ancorados nas pernas de pau, espiando tudo por seu ombro.
— Família grande, dona — dizia o velho, encompridando a prosa, curioso
por aqueles que muitos diziam ser andarilhos, ciganos, saltimbancos.
— Minha família, minha trupe. Hoje à tarde, na praça, tem espetáculo.
— Tem, sim, senhor! — As gêmeas já sabiam de cor.

O acordar e o repousar eram um monta e desmonta dos cenários em que
moravam. Das caixas, todo dia saía um novo boneco, um novo enredo.
Os dias se enroscavam no despontar das manhãs, na estação das chuvas,
no findar das madrugadas, no pôr do sol, no lusco-fusco,
nas tardes alaranjadas, nas luas crescentes, nos entretantos.
Minguavam, tardavam, passavam as horas.

— Com quanta claridade se faz um crepúsculo? — perguntaram os gêmeos, num remoto amanhecer, quando o pai viu no horizonte o aviso da partida.

Quando os Gomide permaneciam muito tempo num só lugar, logo ficavam saudosos de poeira. E, então, fez-se nova aurora.
Hora de arrumar as malas, partir.

A mãe dizia que partir era como parir.
— Uma dor abençoada com um alívio ao fim.

Mais estradas, mais perguntas, mais paradas.
No velho Brasilino, bem ao longe, ainda se ouvia um cantarolar baixinho.

Vai, vem, janeiro.
Vamos brincar no meio do terreiro.
Vem, vai, janeiro.
Nosso terreiro é o mundo inteiro...

TETÉU,
AQUELE QUE CAIU DO CÉU

Cada filho, ao nascer, ganhava um nome no cartório
e outro no picadeiro.
Maria foi batizada de Minha Flor.
Antonio, de Aleluia da Floresta de Meu Bem.
Francisco era o palhaço Alecrim.
Os gêmeos, Latinha e Birico.
Isabel ganhou a alcunha Bicota.
Luzia, Santinha.
João virou o palhaço Tetéu.

— Aquele que caiu do céu — rimava Antonio,
dando asas ao nome do irmão.

Como todos os outros, João aprendeu as letras do próprio nome
nas placas das rodovias, nos dizeres enigmáticos das traseiras dos
caminhões, nas rotas traçadas nos guias de viagem já fora de uso.

Tinha carência de palavras o menino João.
Quando falava, seus pensares se embaralhavam. Tropeçava nas letras, uma enganchada na outra, feito cacho de banana de beira de estrada. Ao colocar o nariz vermelho, o menino magrelinho dava cambalhotas com a língua.
Só não gaguejava quando pintava a cara, abotoava a casaca, ajeitava a gravata-borboleta, calçava os sapatos de tamanhos avantajados herdados dos ancestrais. Tudo pendurado no mancebo carregado incansavelmente a tiracolo.

Andar vagaroso, quase sempre ziguezagueando, hesitava entre rumar e partir, raiar e entardecer, chuviscar e trovoar. De indecisão, ele sempre se fartava.

Seu mundo todo cabia debaixo de um picadeiro, terra de atiradores de faca, engolidores de fogo, anões acróbatas, voadores dos trapézios, homens-canhão, a temível Monga, a bailarina do arame, os contorcionistas de alma, todos protegidos por uma lona rota que peneirava a escuridão entre o apagar e o acender das luzinhas coloridas penduradas na entrada de seu coração.

O ÚLTIMO SUSPIRO DE BRASILINO

A vida toda dos Gomide cabia no Brasilino, nem avô nem tio, o anjo da guarda da família, a casa empoeirada e itinerante a cruzar fronteiras invisíveis. Brasilino, que tinha o motorista Mosquito como fiel escudeiro de estrada, era quem abria caminhos até em dias de temporal. Quando ele se cansava, Mosquito sabia reavivar o Monobloco Mercedes até com prego torto ou chave de fenda frouxa.

O guia da dupla era a imagem de Padim Ciço, batina preta, à frente. Tapando um dos vidros laterais, um cartaz de filme visto inúmeras vezes, *A viagem do capitão Tornado*, um verdadeiro manual da tradicional arte do saltimbanco, com cores que indicavam quão saturada era a realidade. Pelas outras janelas, abertas até em dias de trovão ou tufão, saíam galhos de plantas e mudas que o pai carregava para onde rumava. Era a bússola de Brasilino que apontava caminhos – se Norte, se Sul. No letreiro frontal, um destino só: Brasil.

Certa feita, Brasilino empacou numa planície de monotonia sem fim.

Para onde se olhava, a mesma cor de aridez na paisagem. Não andava para frente, não arredava para trás. Mosquito tirou a camisa, esbanjando todos os ossos do corpo famélico. Era sinal de que resolveria aquela situação de uma vez por todas. De trás da orelha, puxou um grampo perdido que servia para consertos mil.

O velho ônibus sempre recobrava os ânimos rapidamente. Desta vez, porém, nada. Nem sussurro nem suspiro. Todos estranharam. Brasilino parecia cansado daquele caminhar por rotas incertas.

Os Gomide entenderam seu último sinal. Lentamente, desceram do ônibus, que guardava todos os pertences da família, alguns em secretos recônditos. Retiraram seus guardados, caixas de deslembranças, baús de ausências, malas de bem-querer. As plantas, os livros, os tambores, as listas, os figurinos, os bonecos, os mapas. Só ficaram as fitas de lembrança de Juazeiro do Norte, seu mais especial paradeiro, as figas de boa sorte e os vidros benzidos na romaria.

O pai enrolou cuidadosamente o cartaz de *A viagem do capitão Tornado* que fechava um dos vidros rotos das janelas, deixando escapar um último sopro. Também deixou em seu interior algumas mudas verdinhas para algo novo brotar.

Era preciso uma despedida digna daquele que fora padrinho de todos.

Cada irmão, instrumento na mão, emoldurou com sons aquele cenário insólito. Maria soltou o choro de sua sanfona, Antonio puxava notas ensolaradas em seu pífano. Pedro e Matheus, do alto das pernas de pau, zabumbeavam feito barítonos.

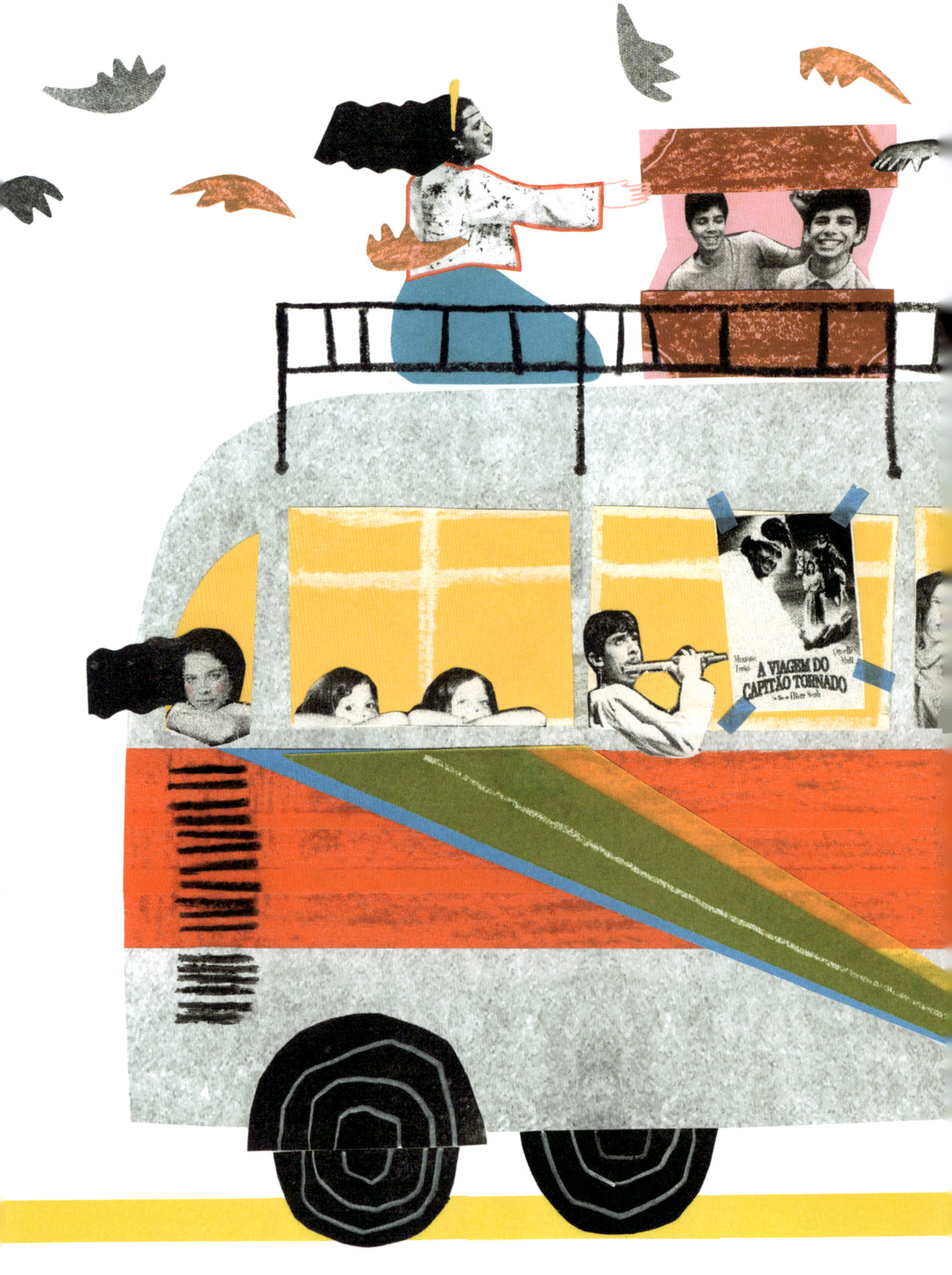
A VIAGEM DO
CAPITÃO TORNADO

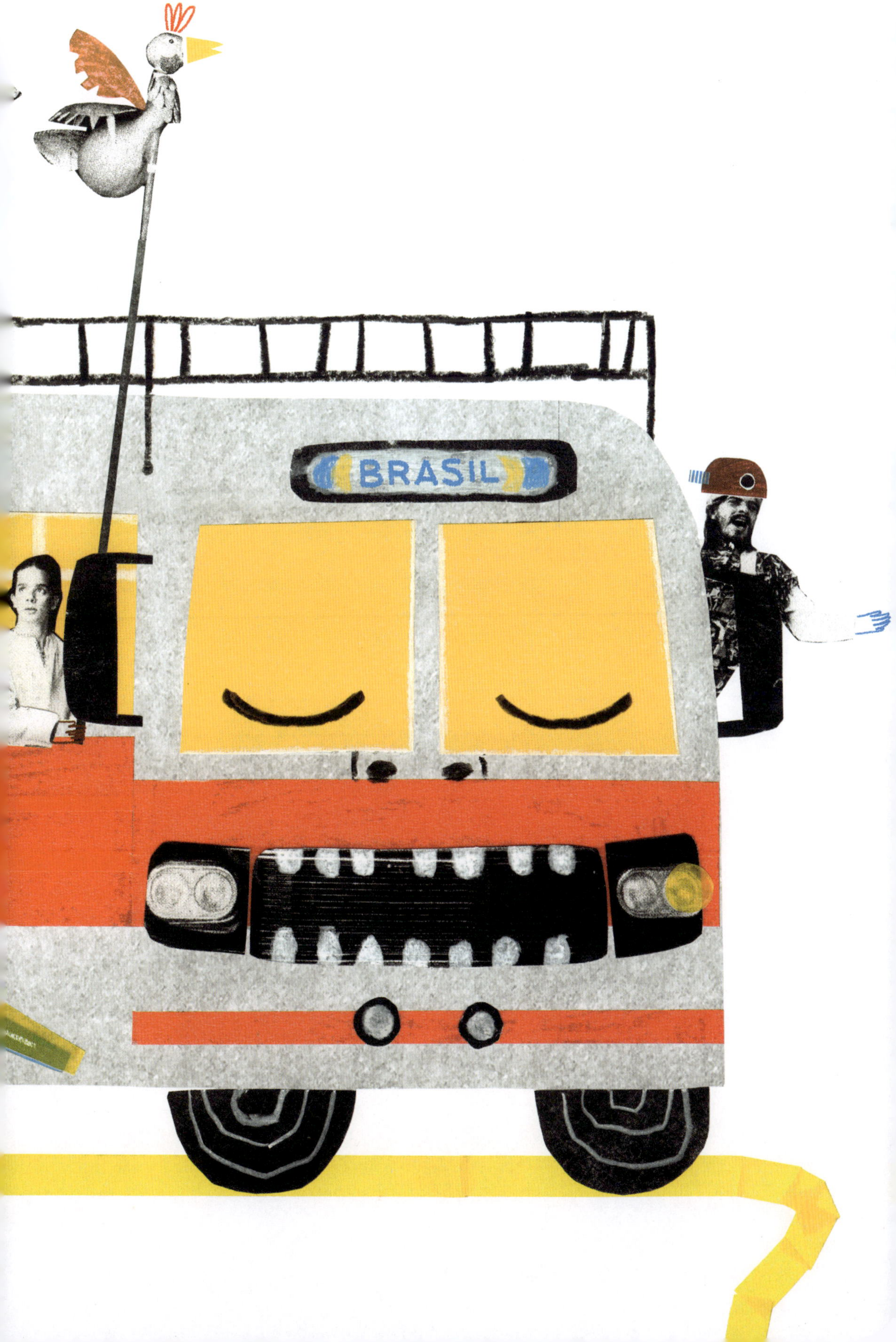
BRASIL

Sombrinhas nas mãos, as gêmeas fizeram do teto do veículo tablado de um balé de rodopios embalados por saias esvoaçantes. Os irmãos paravam por instantes para ver o inesquecível bailado da dupla.

Feita a despedida, cada um carregou o que pôde.

Na vasta planície, só o ônibus e a família de brincantes,
todos os pertences na estrada, se avistavam ao longe.
Longe, adjetivo feito verbo pelos irmãos.
Eu longe, tu longes, ele longe...

O ônibus foi sendo habitado de areia e de tempo. Desenhou colina na paisagem. Virou uma montanha verde naquela vastidão plana e árida. Destino final?
Quem por lá passou depois de algumas eras conta que corria a notícia de uma montanha verde a cruzar planaltos em busca das efabulações dos Gomide.

REINVENTANDO O PAI

Acordaram um dia já bem tarde, pois os relógios careciam de exatidão. Cabelos desgrenhados, sentiam uma falta imensa do assobio paterno matinal. O pai, então, não chegou, não partiu, não ficou. Por onde andava? Sua repentina ausência era como atravessar a noite de céu sem estrelas, caminhar no deserto sem saber onde nasce o sol, atravessar o mar sem bússola em dia de temporal. Ficar sem rumo, sem sumo, sem prumo.

Antonio procurava no canto de patativas e todas as aves do caminho o assobio do pai. Tinha um pouco de todos os cantos, não era nenhum deles.
Pedro e Matheus emendaram quilômetros de pernas de pau para espiar do alto o mundo e, assim, avistar ao menos a sombra do pai.
Isabel desenhou o rosto paterno com as tintas da terra e pregou seu retrato em árvores retorcidas para ter, quem sabe, um recado do cerrado.
João convocou uma reunião urgentíssima dos palhaços das esquinas do derradeiro. Fez um discurso interminável para pedir ajuda.
Maria se contorceu inteirinha até caber numa caixa pequenina, queria meditar a ausência do pai.
A mãe jogou fora o baú em que guardava todas as listas, de todas as coisas do mundo. De nada serviam mais.
Luzia sabia que o pai tinha virado rio, o mesmo que por tempos margeou a interminável estrada sem largada nem chegada.

Francisco, mestre das bitimpocas, engenhocas e parafusetas, foi procurar, em suas invenções, solução para o sumiço paterno. Sabia como ninguém *transtornar*, no dizer do pai, todo e qualquer objeto.
De sua cachola saíam:

>binóculos para se espiar por dentro;
>bússolas que norteiam sentimentos;
>cadeados para maus pressentimentos.

Nada funcionava. Nada do paradeiro do pai.

Com sua caixinha de parafusos perdidos, clipes sem uso e pregos sem serventia, já tinha feito o mar caber em uma lata de sardinha.
Era menino de grandes feitos, todos quase perfeitos.
Nenhum invento, no entanto, reinventou o pai.

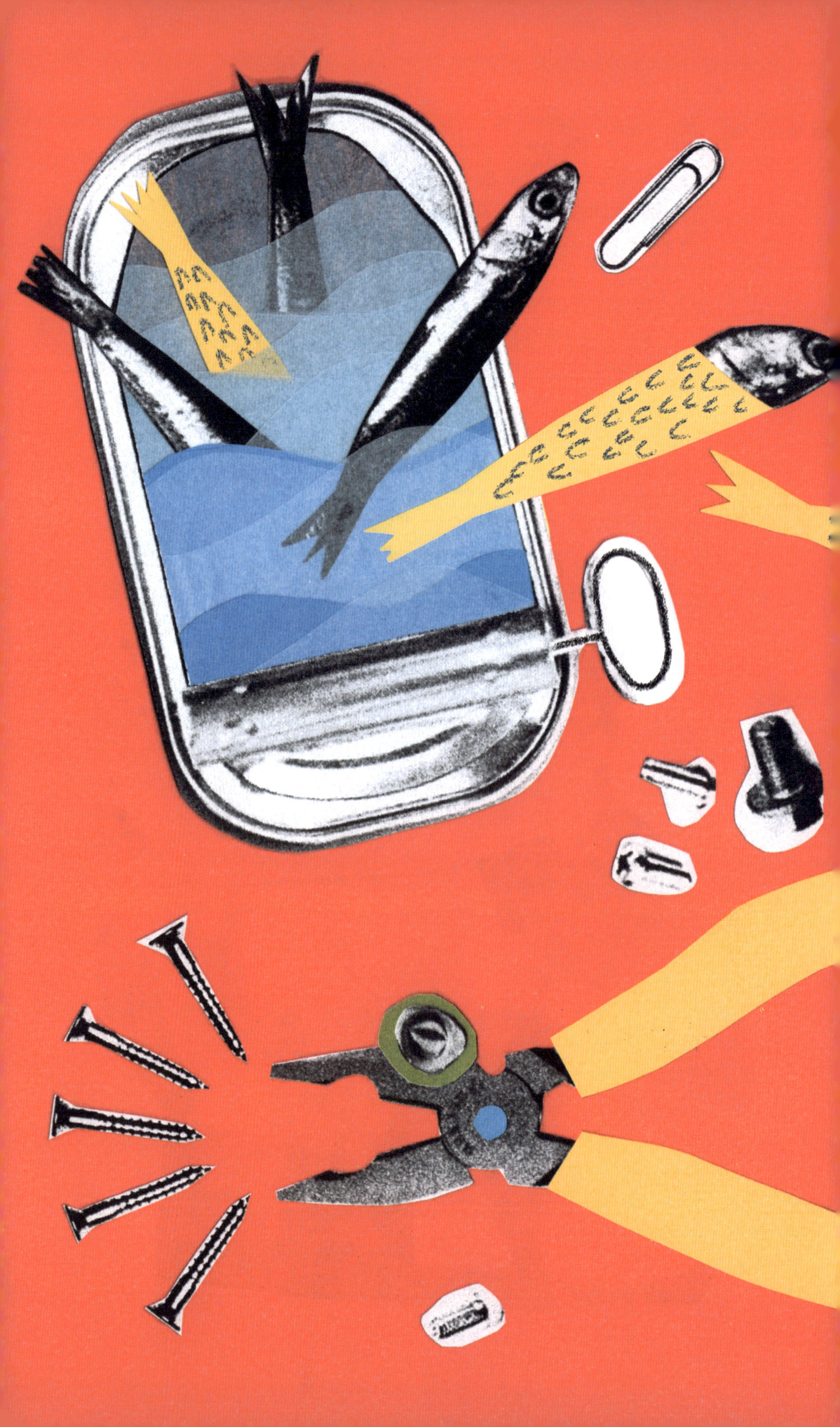

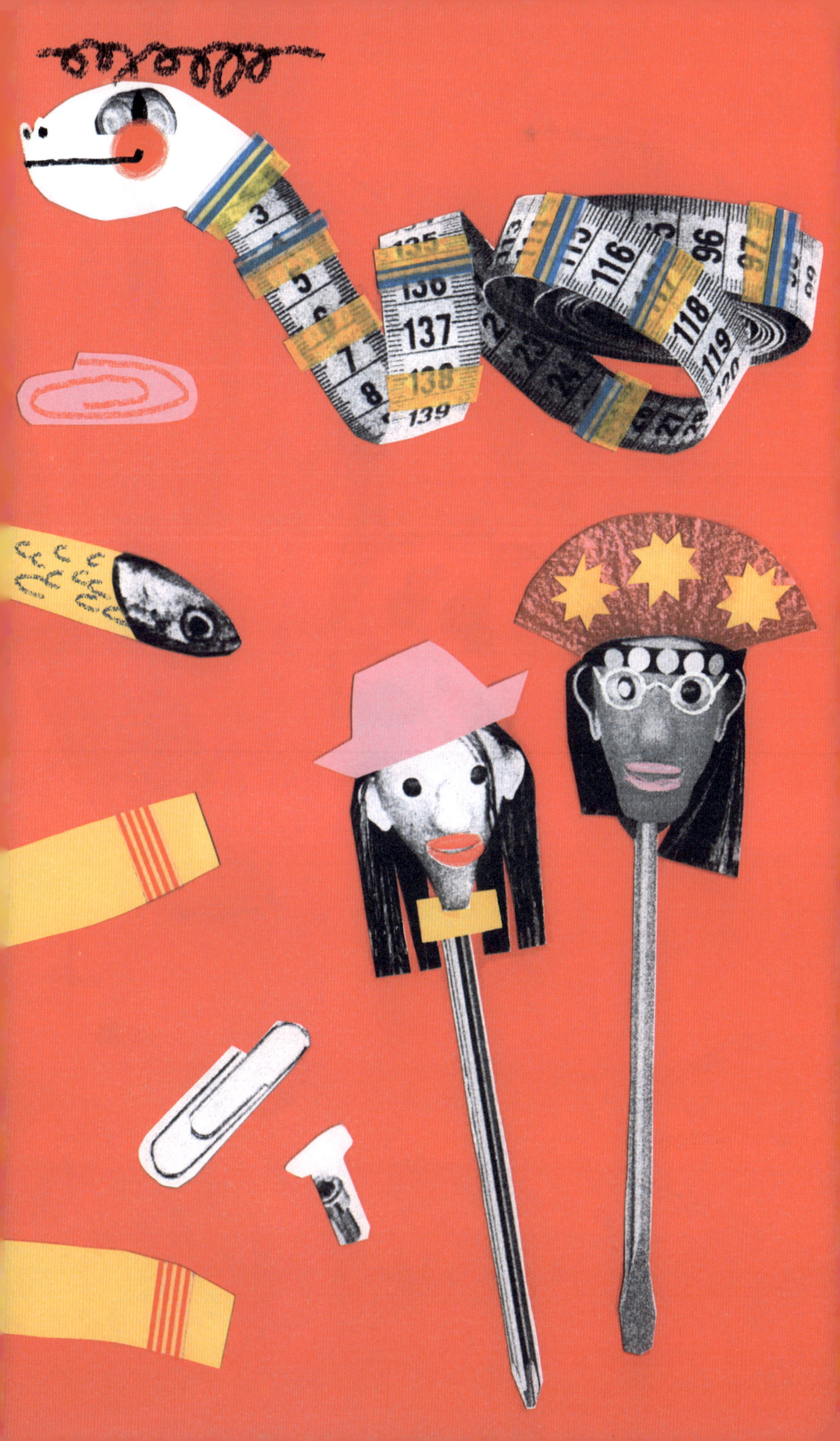

A GEOGRAFIA
IMAGINÁRIA
DA CAÇULA
MAIS VELHA

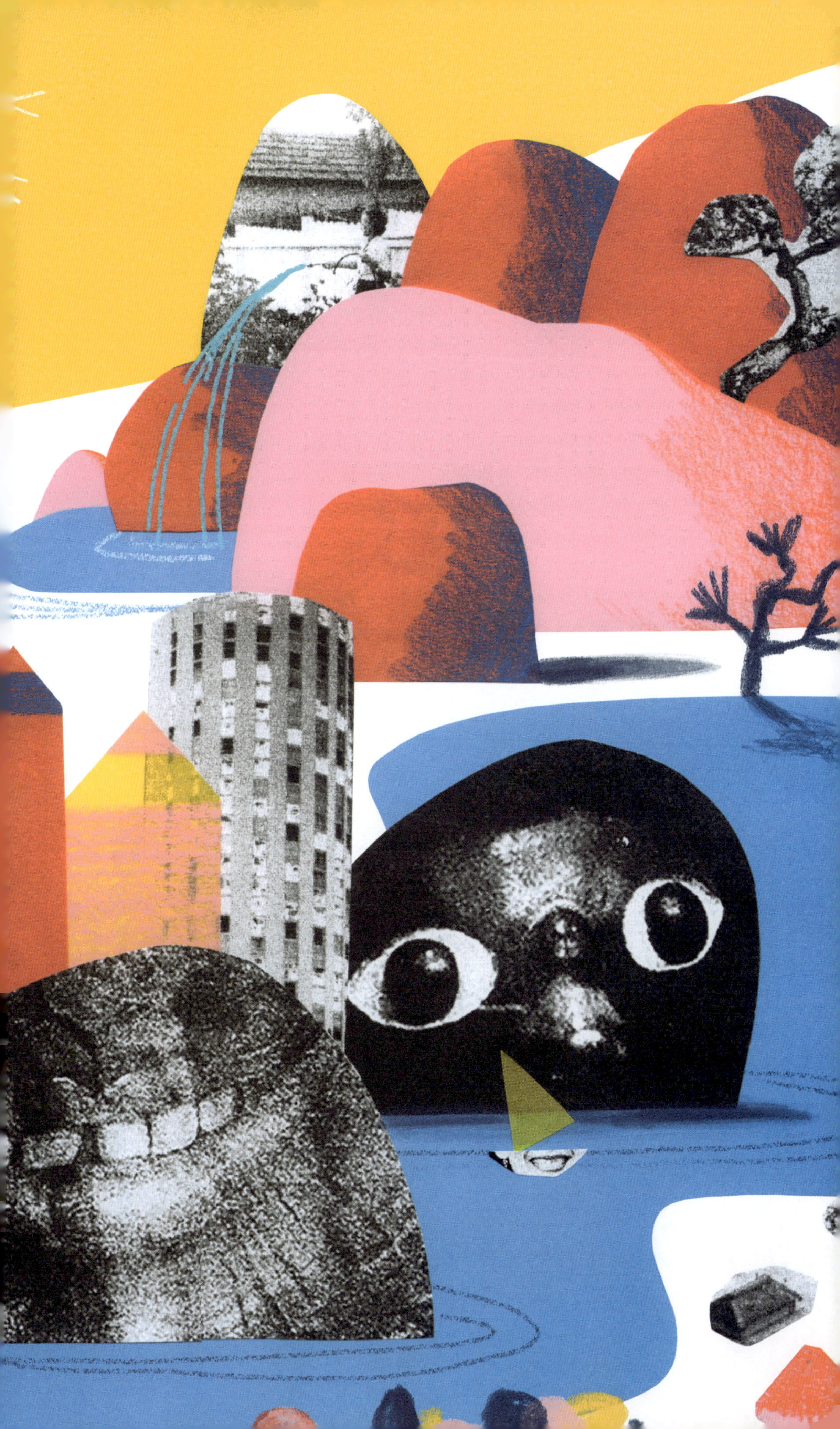

Na ausência do pai, era preciso desatinar por remoçadas rotas, rascunhar paragens outras. Incumbência para a menina Isabel, a caçula mais velha, aquela que tinha ciência de tudo o que morava dentro das coisas e das caixas.

A moringa furada de Maria, a botina nunca usada de João, o espelho fosco de Luzia: sabia onde tudo se escondia naquela vida de poucas necessidades. Se no oco da árvore, se na boleia do caminhão, se num buraco negro.

Se alguém procurasse uma chuva para lavar mágoa, Isabel sabia achar. Se outrem perguntasse do paradeiro do pente de desembaraçar pensamentos, Isabel sabia responder. Era habitada de interior, crescida no avesso dos despropósitos, acalentada numa intimidade encerrada.

Tão sabida das coisas de dentro, decifrava o que habitava por fora. Era assim que ela se sentia repleta de completudes.

O exterior, até a paisagem mais monótona, abria frestas profundas
na menina. Foi preenchendo o vazio com tintas de misturas da terra,
os muitos tons do caminho. De seus cadernos de estrada, surgiam penhascos,
rochedos, aldeias, desfiladeiros, arquipélagos, pântanos, florestas, córregos
estreitos, jardins suspensos, cidadelas, reinos insulares, oceanos.
— Ou corguinhos. — Ela se lembrou do pai.
Era um sertão de mar numa geografia imaginária a conduzir os Gomide.

Desenrolou todos os mapas antigos e rasgados do fundo do baú.
Eles guardavam pistas para desafiar as "garras do esquecimento".
Recordou-se repentinamente da fala de um dos irmãos em cena,
no espetáculo de todo entardecer.
Encontrou ali descaminhos delineados por fronteiras já apagadas
pelo tempo. O tom sépia era a melhor tradução da saudade do que
já tinham sido. Respirou fundo os ácaros que aos poucos consumiam
aquela velharia. E mapeou novas paragens para expandir territórios.
Nessa nova cartografia agreste, os Gomide recompuseram
seu tratado familiar.

E A VIDA SE FAZIA EM RECOMEÇO

Um dia, tantas luas depois, os irmãos ouviram um som que chegava desenhando no ar. Não era canto de patativa, não era canto de sabiá. Canto de pintassilgo tampouco parecia. Assim nunca cantou o tiziu, o sofrê, o cancão, o azulão.
Era uma melodia saudosa, de outras tantas antecedências.
Era o assobio do pai, um tempo depois que se fez em travessia.

Para as muitas perguntas dos filhos, ele não tinha todas as respostas. Num bolso, levava ainda algumas mudas, a eterna busca pelo paraíso perdido da infância. No outro bolso, alguns retratos de todos aqueles que persistiram, foram até onde os sonhos lampejantes tocam o fim do fim.
— Viver é muito arriscoso. — Relembrou a todos naquele dia o que leu certa vez num livro grosso, daqueles que sempre pesavam suas mãos magras.

Tudo estava tão dócil quanto buliçoso.
O pai viu, então, uma dália bordada no peito de Antonio.
Reparou que Francisco, sempre metido em suas invenções, já bailava a dois. Maria andava apaixonada por uma fotografia, antiga, que surgia de noite e se apagava ao amanhecer. Os filhos floresciam em encontros – e em tantos desencontros – amorosos.
A mãe, por sua vez, entregou ao pai o velho álbum de família, desgastado pelas muitas desaventuranças. Ele deu uma longa volta no tempo ao folhear aquelas páginas amareladas. Ao fim, ainda que não na última folha, estavam coladas três novas fotografias, em cor.
Seus olhos se espremeram numa embriaguez de lágrimas.
Todos os Gomide e os novos companheiros de estrada o olhavam atentamente, lado a lado, compondo naquela espera um renovado retrato familiar.

Naquele livro da vida, bem abaixo das fotos,
com letra firme, ele escreveu:

> *Era uma vez...*
> *uma criança.*
> *Depois, outra*
> *e tantas outras*
> *um dia serão.*

E o mundo, como diz quem bem sabido é, de novo começou a girar.

*Todos os versos em itálico foram criados ou recolhidos por integrantes da trupe familiar Carroça de Mamulengos.

DO BAÚ DOS GOMIDE

ABOIAR, ABOIO, ABOIADOR

O aboio é uma espécie de canto com que os vaqueiros conduzem as boiadas ou chamam as reses. Aboiador é o vaqueiro que vai à frente da boiada e aboia, ou seja, entoa o aboio, esse canto que conduz o gado.

PATATIVA

É nome de passarinho e também de poeta do sertão. Patativa do Assaré, nascido no Cariri cearense, versou sobre as coisas de sua terra natal. Foi ao conhecer os versos de Patativa que Antonio se fez poeta, decidiu rimar, versejar sobre as coisas que via e vivia. Versou sobre a família, em versos como estes:

"GRANDE RODA"

"Nós somos formados em campos abertos
Em palcos repletos no meio da rua
Chamando as figuras do nosso enredo
Formando o brinquedo com Sol e com Lua
De pé nas alturas nos equilibrando
Com voz projetando aos ouvidos mil
Quem chega só sai quando tudo termina
Na arte menina do nosso Brasil."

"CAVALARIA"

"Vem o cavaleiro montando o Cigano
E vem sem engano a mulher no Cabreiro
Também o menino com sua burrinha
E a menininha no bode ligeiro
Porém bem sentada lá vem a criança
Curtindo a bonança no seu fabular
Na espera certa que os meninos cresçam
E lhe ofereçam a função do brincar."

BABAU

O teatro de bonecos popular é uma arte tradicional em que o brincante, ou bonequeiro, encena com os bonecos, na maioria de luva e de vara, histórias que retratam a sociedade e seus conflitos. É uma brincadeira cheia de narrativas da tradição oral. Bastante conhecida como mamulengo, essa expressão teatral tão genuína ganhou nomes diferentes pelo Brasil, principalmente no Nordeste, e jeitos variados de brincar. Mamulengo é originário de Pernambuco – e é como o brinquedo é também conhecido no Distrito Federal. Babau é o nome dado ao teatro de bonecos popular da Paraíba. No Rio Grande do Norte, foi batizado de João Redondo. No Ceará e no Maranhão, é chamado de Cassimiro Coco. É uma arte passada de pai para filho, de mestre para discípulo. Foi assim com Carlos Gomide, que aprendeu esse folguedo com o mestre Antônio Alves Pequeno, mais conhecido como Antônio do Babau, bonequeiro paraibano de singular talento. Acabou herdando seu "sobrenome": virou Carlos Babau.

DOM QUIXOTE

Dom Quixote de la Mancha é um dos mais famosos livros da literatura, escrito pelo espanhol Miguel de Cervantes (1547-1616). O herói da história é dom Quixote, que, grande leitor dos romances de cavalaria, passa a ter alucinações, acreditando ser ele mesmo um fidalgo (ou nobre), também cavaleiro andante. Sai pelo mundo montado em seu cavalo Rocinante e acompanhado por Sancho Pança, seu fiel escudeiro, para acabar com as injustiças e proteger a donzela (imaginária) Dulcineia de Toboso. Sancho Pança batizou Quixote de Cavaleiro da Triste Figura. É uma paródia (imitação, em tom de humor) dos romances de cavalaria, cheios de heróis de grandes feitos. A história fez surgir o adjetivo "quixotesco", sinônimo de sonhador, e é um dos livros preferidos de Carlos Babau.

FOLIA DO DIVINO

A Festa do Divino, realizada sete semanas depois do Domingo de Páscoa, no dia de Pentecostes, comemora a descida do Divino Espírito Santo aos doze apóstolos. Originária de Portugal, chegou há bastante tempo ao Brasil, onde resiste ainda hoje em muitos estados, com missas, novenas, bailes e representações teatrais. Para arrecadar os recursos da festa, é feita a Folia do Divino, com grupos de cantadores circulando pelos arredores de uma localidade para reunir donativos (alimentos e dinheiro, por exemplo). Costumam carregar a bandeira do divino, com uma pomba que simboliza o Divino Espírito Santo. Em muitos lugares, os moradores recebem a folia na própria casa, oferecendo comida e pouso. É uma bonita festa, cheia de cantorias, que atrai muita gente. A Folia do Divino acontece de forma variada por muitos cantos do país e inspirou o grupo Carroça de Mamulengos a criar seu jeito de celebrar o Divino Espírito Santo.

GARGÂNTUA E PANTAGRUEL

Gargântua e seu filho, Pantagruel, são dois gigantes de apetite voraz e hábitos grotescos surgidos na obra do escritor francês François Rabelais (1493-1553) durante o século XVI. Bondosos e glutões, eles estão em romances com forte veia satírica que fazem uma crítica a seu tempo. Se alguém diz que um banquete foi pantagruélico, significa que foi uma comilança farta. Já gargantuano pode ser usado para designar alguém que bebe e come em excesso.

LAMPIÃO

Virgulino Ferreira da Silva (1898-1938), mais conhecido como Lampião, é considerado o rei do cangaço. Depois de ter tido o pai morto a tiros pela polícia, entrou para o cangaço em 1921. Logo virou líder do movimento. Na Bahia, conheceu Maria Bonita, que entrou para o bando e virou sua companheira. Seu grupo de cangaceiros foi cercado na fazenda de Angicos, hoje município de Poço Redondo, em Sergipe, em 1938, quando, então, eles foram mortos e decapitados.

O NAVIO NEGREIRO

Os versos da página 25 são um fragmento do poema *O Navio Negreiro*, do poeta baiano Castro Alves (1847-1871), recitado de cor por Babau, pai da família Gomide. Em tom de denúncia social, Castro Alves mostra em versos sua inquietação com os horrores da escravidão. *O Navio Negreiro* é um dos poemas mais significativos do Romantismo brasileiro.

PADIM CIÇO

Cícero Romão Batista (1844-1934), religioso nascido no Crato (CE) e adorado no sertão, ficou conhecido como Padre Cícero, o aclamado Padim Ciço. Líder religioso e político, foi expulso da Igreja e idolatrado por milhões de fiéis. Até os 45 anos, rezava missa em uma capela num lugarejo de Juazeiro do Norte, mas, ao ministrar a comunhão a uma beata, a hóstia teria se transformado em sangue. A Igreja acusou Padre Cícero e a beata de fraude. O milagre anunciado, contudo, atraiu a admiração de milhares de peregrinos e romeiros, que nunca mais pararam de chegar a Juazeiro do Norte, no Ceará.

TETÉU

É uma ave bem conhecida em todo o Brasil, variando de nome conforme a região – quero-quero, terém-terém, tetéu. Dizem que é um passarinho que não dorme e, com seu canto contínuo e insistente, não deixa ninguém dormir. Tetéu é também o nome do palhaço de João, o quarto filho de Carlos e Schirley.

A VIAGEM DO CAPITÃO TORNADO (FILME)

Dirigido pelo italiano Ettore Scola, em 1990, o filme é uma adaptação do romance de Théophile Gautier, *Le capitaine fracasse*.
É um clássico que trata do declínio da *commedia dell'arte* pela Europa, onde por muito tempo circularam trupes mambembes que viviam a apresentar sua arte teatral em ruas, estradas e praças.
Na história, uma companhia de atores segue para a corte de Paris e, no caminho, é abrigada à noite no castelo de um barão falido, que integrará a trupe em uma viagem cheia de peripécias.
Num clima bem onírico, o filme mostra o dia a dia dos artistas e, seguindo os enredos da *commedia dell'arte*, seus desencontros amorosos.
Maria, a primogênita dos Gomide, diz que esse filme mostra um pouco da arte ancestral de que sua família é herdeira.

A TRUPE FAMILIAR
CARROÇA DE MAMULENGOS

Com quarenta anos de estrada, o grupo Carroça de Mamulengos descende de artistas populares que há séculos vivem a tradição da arte nas ruas, das trupes itinerantes medievais, entre saltimbancos, menestréis e bufões, com a praça como ponto de encontro de um fazer artístico genuinamente vivencial.

A companhia faz da vida a própria arte. Crescer, brincar, estar em cena, ser no mundo, tudo se mistura sob uma mesma lona, habita a mesma praça onde o grupo desembarca enredos e brinquedos. Há décadas os integrantes celebram, em muitos rincões do país, a arte da (con)vivência. Andarilho por convicção, Carlos Babau, o pai, criador da Carroça de Mamulengos nos anos 1970, depois de descobrir no teatro uma forma potente de narrar a própria vida, ainda hoje é firme em dizer: "Não vou aonde o povo está, vivo onde o povo vive".

Em parceria com a atriz Schirley França, pegou a estrada com destino ao Brasil profundo, em busca da arte popular, com seus valores mais genuínos e libertários. No caminho, nasceram os oito filhos, alfabetizados pela mãe, criados na pedagogia do folguedo, com os ensinamentos dos muitos mestres da cultura popular — repentistas, cantadores, violeiros, rezadores, aboiadores, rabequeiros, bonequeiros, pifeiros, mamulengueiros, benzedores. "Nossa brincadeira é uma antropofagia", celebra o pai, fazendo referência ao Movimento Antropofágico dos modernistas, forte inspiração para sua assimilação de culturas populares. Autodidatas por convicção, os pais deram aos filhos um ofício, um outro tipo de diploma. Criada em muitas praças, a trupe familiar é de multiartistas — palhaços, atores, bonequeiros, artesãos, contorcionistas, músicos e poetas. A rua, o picadeiro ou o palco sempre foram extensões da própria morada, e vice-versa. Em suas brincadeiras, como batizam os espetáculos, trazem as peripécias das estradas, das feiras, das romarias. No entanto, mais que fazer uma brincadeira bonita, eles querem embelezar os locais por onde quer que passem, seja na agitação de uma grande cidade, seja numa praça no fim do mundo. "O que pode ser mais belo que sonhar que todos tenham vida em abundância?"

PORTA-RETRATOS
DO ÁLBUM DE FAMÍLIA

**Se quiser saber mais
sobre cada integrante da trupe, acesse**
www.editorapeiropolis.com.br/porta-retratos

CATARINA BESSEL

Quando abro meu baú de lembranças, assim como um desses da família Gomide, tiro um retrato que emoldura minha infância: meu avô acompanhado de sua cachorrinha, com um livro na mão, num lugar tão distante quanto aqueles aonde as histórias podem nos levar. Cresci sonhando em acessar esse "lugar" habitado pelo meu avô alemão, de forte sotaque, sempre tropeçando nas palavras em português. Quando era menina, passei boas temporadas no Guarujá, no litoral paulista, e lá dormia no quartinho de pintura amontoado de traquitanas do meu avô. Sim, ele era pintor. Hoje, ao sentir o cheiro de terebintina, eu me transporto a esse tempo. Para viajar como meu avô, passei a ler, a começar pelos livros que ele colecionava – romances históricos e obras sobre política. Meu avô lia tudo sobre comunismo, mesmo sem ser comunista. Assim peguei gosto pelas histórias, pelas artes e pelas viagens. Tanto que na faculdade de Arquitetura, na FAU-USP, mergulhei nos diários de viagens, curiosa em saber mais sobre o olhar estrangeiro no mundo. Foi nessa época que descobri a arte da colagem, um jeito de inventar mundos recortando e colando pedaços da realidade, o que venho criando em livros, revistas e outras publicações. E segui viajando; às vezes, até mais por meus universos interiores... Se Babau carrega em sua mochila de andarilho o livro *Dom Quixote de la Mancha*, eu levo comigo *Moby Dick*, que tão bem representa uma incursão pelo desconhecido.

GABRIELA ROMEU

Nasci em São Paulo, em 1975, filha de uma mãe gerada mineira e um pai criado na Mooca paulistana. Sou a filha do meio de três irmãos, que cresceram ouvindo as histórias das tias, todas mineiras e contadoras dos causos da vida, e brincaram no quintal da avó com tantos primos e primas que não caberiam nos dedos das mãos nem nos dos pés. Passei parte da infância numa periferia do Grande ABC paulista, num bairro onde as ruas tinham buracos e crianças. Ali, em circos pequenos de lona rota, daquelas que podemos ver o céu em meio às entradas dos palhaços, sonhei com aqueles saltimbancos a cruzar os lugares batizados de distantes. Mas só peguei carona com um deles quando conheci na estrada a trupe Carroça de Mamulengos, apresentada pelo amigo e fotógrafo Samuel Macedo, pai de Ana Gomide, filha de Maria Gomide.
É que eu já andava por trilhas do Brasil de dentro, por lugarejos de nome Destinópolis, localidades esquecidas dos mapas. Há tempos viajo atrás de acontecências que são tão da vida real que poderiam estar numa obra de ficção. Muitas dessas narrativas colhidas pelo país já viraram reportagens, livros, filmes e exposições criados por mim, uma pessoa que faz muitas coisas para se equilibrar na corda bamba da vida, mas que gosta é mesmo de ligar seu gravadorzinho e ouvir atentamente o que as histórias sussurram.

Copyright © 2019 Gabriela Romeu
Copyright das ilustrações @ 2019 Catarina Bessell

Editora Renata Farhat Borges
Assistentes editoriais Izabel Mohor e Fernanda Moraes
Projeto gráfico Márcio Koprowski
Revisão Thais Rimkus

Editado conforme o Acordo Ortográfico da Língua Portuguesa de 1990
1ª edição, 2019 – 3ª reimpressão, 2022

Dados Internacionais de Catalogação na Publicação (CIP) de acordo com ISBD

Elaborado por Vagner Rodolfo da Silva - CRB-8/9410

R763a

Romeu, Gabriela
    Álbum de família: aventuranças, memórias e efabulações da trupe familiar Carroça de Mamulengos / Gabriela Romeu ; ilustrado por Catarina Bessell. - São Paulo : Peirópolis, 2022.
    96 p. : il. ; 17,5cm x 27,5cm.

    ISBN 978-85-7596-601-3

    1. Biografia. 2. Biofantasia. 3. Teatro. 4. Circo. 5. Artes circenses. 6. Dramaturgia. I. Bessell, Catarina. II. Título.

2019-600   CDD 920
     CDU 929

Índice para catálogo sistemático:
1. Biografia 920
2. Biografia 929

Disponível também na versão digital em ePub (ISBN 978-85-7596-602-0)

PeirópoliS

A gente publica o que gosta de ler: livros que transformam.

Rua Girassol, 310F | Vila Madalena | 05433-000 | São Paulo SP
tel.: (11) 3816-0699
vendas@editorapeiropolis.com.br
www.editorapeiropolis.com.br